꿈꾸다 떠난 사람,
김시습

매월당 김시습(1435-1493)

이 책은 안성에서 진위로 시집와 무소유로 헌신만 하다 가신
시어머니 파평윤씨, 보헤미안 랩소디가 울려 퍼지던
그해 마지막 날 떠난 강릉최씨 종손께 바친다.

# 꿈꾸다 떠난 사람, 김시습

## 시로 보는 매월당 김시습의 생애

최명자 엮고 씀

# 김시습의 시를 따라 걷다

 이 책은 『매월당집』의 시를 연대순으로 선별하여 정리한 김시습의 일대기이다. 또한 그와 더불어 살던 사람들, 그의 뜻을 존경하여 따르던 사람들의 이야기이기도 하다.

 말보다 글을 먼저 깨우치고 세종 임금께 나아가 시를 지어 칭송받던 오세 신동 김시습. 그의 뒤에는 울진장씨 외할아버지, 외교문서 작성에 뛰어났던 먼 친척 할아버지 강릉최씨 최치운, 신라 충신 박제상의 후손 영해박씨 일가가 있었다. 성균관 부근 반궁리에 살던 그들은 신라 이래 고려 말까지 동해안 일대에 형성된 민족 고유의 정신세계를 공유했다. 저 멀리 북쪽 시베리아에서 동해안을 따라 내려온 기마민족의 힘찬 기상 또한.
 세종의 존중을 받던 그들은 하늘의 섭리를 거스른 세조 반정에 저항하였다. 김시습이 단종 복위를 위해 동서남북으로 쏘다닐 때, 영해박씨 후손들은 김화 조상 묘의 비석을 땅에 묻고 이름까지 바꾼 뒤 함경도 문천, 금강산으로 숨어 들어갔다. 술을 좋아해 일찍 세상을 뜬 최치운. 그가 남겨 놓고 간 어린 아들 최응현은 장성한 뒤 벼슬을 사양하고 강릉으로 낙향하여 어머니를 봉양하였다.

어려서부터 시문에 능숙하였고, 왕실의 불경언해에 참여했으며, 높은 산에 올라 신선 사상에 심취했던 시습. 당나라 빈공과에 급제하고 황소격문으로 유명했지만 정작 신라에서 인정받지 못했던 최치원의 행적을 좇던 시습. 명문장가 최치원, 신라 충신 박제상, 세종 때의 외교관 최치운은 그의 정신적인 지주가 돼 주었다. 신라 원성왕에게 왕위를 양보하고 강릉 일대를 다스린 김주원의 후손. 시습은 경주를 고향으로 여겼으며, 경주 남산 용장골 석실에서 한문소설 금오신화를 탄생시켰다.

한반도의 동서남북을 먹물들인 스님 행색으로 마음대로 쏘다니던 김시습. 그는 강원도 김화, 철원, 화천, 춘천, 인제, 설악산 일대 깊은 산 속 맑은 물 흐르는 곳에 머물곤 했다. 차를 달여 마시며 시를 쓰고, 통곡하기도 했다. 북쪽 국경에 가보려는 시도는 건주여 진의 출몰로 무산된 듯하고 야인의 복장과 풍속에도 관심이 많았다. 울산 왜관에서 온 일본 승려를 만나 차를 마시며 시를 쓰기도 했다. 서울에서 태어난 김시습의 정신세계는 조상들의 고향 경주, 강릉을 통해 대륙과 해양을 모두 아우른다. 수많은 책을 읽고 역사의 교훈과 우주의 섭리를 깨우친다. 쉬지 않고 흐르는 시냇물처럼 머물지 않았기에 시공과 경계를 넘나드는 활달한 정신세계를 갖게 된 것이다.

김시습의 시를 처음 만나게 된 건 2018년 초여름 과천 희목재 공부방에서였다. 고전 원문을 함께 읽던 중에 그의 「사유록」이 내게로 왔다. 평민사 발행 『매월당시선』에서 너무나 익숙한 지명들을 발견한 그 순간부터 지금까지 그의 시는 내 곁을 맴돌고 있다. 그 삼 년 동안 소중한 사람들이 가고 또 왔다. 흘러간 시간과 옛사람들의 일상과 공간이 현재와 교차하곤 했다.

최치운의 17대손 최인규. 할아버지께서는 딸로 태어나 밀쳐진 나를 마고자 품에 넣어 지켜주셨다고 한다. 강릉 오죽헌과도 관련이 있는 최치운. 그의 아들 최응현이 지은 오죽헌에서 〈이씨 분재기〉를 지은 외손녀 용인이씨 부인, 그녀의 딸 신사임당 그리고 이율곡이 태어났다. 시습의 이름을 지어준 최치운의 후손 이율곡은 선조의 명을 받아 〈김시습전〉을 썼고, 강릉에서 맺어진 그들의 인연은 평택까지 이어졌다.

최응현의 손자 최수성이 8세 때 그의 부친 최세효는 평택의 옛 중심지 진위현으로 이사하였다. 조광조와 동문이던 최수성은 친구가 추천한 현량과 벼슬을 사양한다. 기묘사화의 검은 그림자를 예견했기에. 시와 거문고를 즐기며 소일하던 그였지만 남곤의 모함을 받고 만다. 왕유의 〈망천도〉를 얻고 기뻐하던 남곤이 김정을 찾아와 시를 부탁하자 최수성이 그를 비꼬는 시를 대신 써준 것이다. 시에 원한을 품은 남곤은 그를 죽음으로 몰아넣었다. 최수성이 진위관아에서 처형당하던 늦가을 날 진위천변에는 안개가 자욱했고 흰 무지개가 떴다고 한다.

1979년 가을, 부친은 지은 지 7년 만에 강제 수용을 앞둔 집 안방에 누워계셨다. 복수가 차오른 부친은 내게 '죽음으로 항거한다'는 탄원서와 한시를 받아 적게 하셨다. 그 때 뜻 모르고 필사했던 시가 바로 최수성이 숙부 최세절에게 보냈던 〈증숙부참판공〉과 〈망천도〉 화제시였다.

지금은 진위초등학교가 된 진위관아 건너편에 보이는 남산 위 뾰족뾰족 솟은 공군기지 송신탑. 그곳에 살았던 최수성의 행적을 기억하는 이가 과연 몇이나 될까? 남산은 1952년 오산공군기지로 수용되어 철조망이 높이 둘러쳐졌고, 무덤 또한 강릉으로 이장되었으니. 율곡은 사후 영의정이 된 최수성 묘 주변 촌민들의 부역 면제를 임금께 건의하였다.

시를 따라 걷는 도중 알게 된 사실은 오산공군기지 주변의 제역동, 남산터가 최정승에게서 비롯되었다는 거다. 미국의 관문 오산 비행장 산기슭에 최수성의 원정이 있었다는 사실 또한. 지금은 좀체 다가갈 수 없는 그곳. 서해의 고깃배가 들어오던 진위천변 미군 전투기들이 굉음을 내는 그곳.

김시습의 시가 내게로 온 이유는 '비행장 철조망 안의 최수성 유적지'를 일러주기 위해서였던 게다. 귀를 찢는 굉음 속에서 귀기울여 들어야할 침묵의 소리였다..

# | 차례 |

# Ⅲ. 꿈과 환상

# IV. 구도

## V. 회귀

## VI. 귀천

# I.
## 출생

시습이 태어난 1435년.

조선은 율법과 국경이 정비되고 명과의 외교로 처녀 조공을 없애는 등 세종의 르네상스가 펼쳐지던 시대였다. 일본 아시카가 막부의 쇼군은 중원을 평정한 명나라에 조공을 바치며 왜구의 침범을 자제시켰다. 명나라 영락제의 손자 선덕제가 그해 1월 사망했다. 영락제의 전사로 정화의 대항해도 함께 막을 내렸고, 바다의 주도권은 서양으로 넘어갔다. 러시아와 북인도를 점령했던 사마르칸트의 티무르는 헝가리까지 진출한 오스만제국을 앙카라에서 제압했다.

중앙아시아에서 기원한 기마민족의 서진 정벌로 지구가 소란스러울 때, 고려적 유습이 남아있던 조선 땅에서 태어난 시습. 그의 정신세계는 중앙아시아 푸른 초원과 대양으로 이어져 있었다.

## ◇ 1435년
**성균관이 자리한 곳, 반궁리에서 태어나다**

김시습은 1435년 조선의 성균관 반궁리에서 태어났다. 동해안 일대의 호족이었던 강릉김씨와 울진장씨 집안. 여말선초에 상경하여 새로운 삶을 추구했던 두 집안의 혼인이 시습이라는 신동을 탄생시켰다. 이는 새 시대를 향한 열망의 결과였을 것이다.

반궁리 이웃에 살던 먼 친척 할아버지 최치운은 시습의 이름을 지어 외할아버지께 전해주었다. 『논어』 학이편의 '날마다 배워 익히니 즐거워라學而時習之不亦好也'에서 따온 '시습'이라는 이름을.

외할아버지는 시습이 태어난 지 여덟 달 만에 글을 알자 천자문을 가르쳤다. 말보다 글을 먼저 가르치면서 외손자의 교육을 위해 이웃의 명사들과의 교유에 힘썼다. 시습은 3세부터 시를 짓기 시작했다.

봄비가 새로 지은 초막에 내리니

새로운 기운이 열리네

복사꽃 붉고 버들은 푸르러

삼월도 저물었는데

푸른 바늘에 구슬을 꿰었는지

솔잎에 이슬이 맺혔네

春雨新幕氣運開 桃紅柳綠三月春 珠貫靑針松葉露


　시습이 신동이라는 소문이 세종에게까지 알려지자, 세종은 시
습의 재능을 시험했다. 세종은 시습의 재능이 범상치 않음을 알
고는 비단을 상으로 내렸다. 그리고 장래에 크게 쓰겠다고 약속
했다. 이때 시습의 나이 다섯 살. 사람들은 그를 '오세'라는 별명
으로 불렀다.

## 동봉육가 세 번째 노래 東峯六歌 三首

외할아버지, 어린 나를 어여삐 여기셔서

돌 남짓한 나의 글 읽는 소리에 기뻐하시고

걸음마 떼자마자 글 가르쳐주셨지요

일곱 자 엮어 고운 글을 지었더니

세종임금 이 말 듣고 궁궐로 부르셨어요

큰 붓 한번 휘둘러 용이 나는 듯했지만

어허 세 번째 노래, 너무 늘어져

뜻한 일 못다 이룬 채 세상은 어긋나 버렸습니다

外公外公愛我嬰 喜我期月吾+伊聲 學立亭亭誨書計 七字

綴文辭甚麗 英廟聞之召丹墀 臣筆一揮龍蛟飛 嗚呼三歌

兮歌正遲 志願不遂身世違 (매월당시집 제14권, 명주일록, 동봉

육가, 633~634쪽.)


　동봉 시습은 1485년 자전적인 〈동봉육가〉를 지었다. 이 시의 세
번째 노래는 그의 어린 시절을 알려준다. 외할아버지께 글과 셈을
배우고 일곱 자를 연결한 시를 지은 이야기를……

## 저잣거리의 두부 노래

맷돌 틈 사이에서 흘러내리는 콩물
동녘에 뜨는 달처럼 둥글둥글 생겨 나오네
삶은 용 구운 봉보다 못할지라도
머리숱 없고 이 빠진 할아버지께 제격이어라
菽質由來兩石中 圓光正似月生東 烹龍炮鳳雖莫及 最合
頭童齒豁翁 (매월당집서, 파평 윤춘년, 매월당선생전, 30쪽.)


어린 시습은 주위를 세심하게 살피고, 다른 사람을 배려하는 깊은 마음을 지녔다. 콩을 갈아 두부 만드는 과정을 관찰하던 어린 시습은 물렁물렁한 두부를 보면서 할아버지를 생각한다. 이 없이도 쉽게 드실 수 있는 영양식이기에.

## 답답한 것을 펴느라고 敍悶

아주 어릴 적 궁궐에 나갔더니
임금께서 비단 도포를 내리셨다
승지는 날 무릎에 앉히고
환관은 붓을 휘두르라고 권하셨지!
참으로 영물이로다 다투어 말하고
봉황이 났다며 서로 먼저 보려 했으나
어찌 알았으랴 집안일 결딴나서
쑥대머리처럼 영락할 줄이야

少小趨金殿 英陵賜錦袍 知申呼上膝 中使勸揮毫 競道眞
英物 爭瞻出鳳毛 焉知家事替 零落老蓬蒿(매월당시집 제14
권, 명주일록, 666~667쪽 둘째 수)

　세종은 시습을 승정원으로 불러서 신동인지를 시험하도록 했
다. 시습을 시험하던 승정원 지신사 박이창 등은 시습의 천재성
에 다들 놀랐다. 그러나 그가 앞으로 어떻게 될지는 아무도 알 수
없었다.

## 삼각산 三角山

세 봉우리 나란히 솟아 하늘을 뚫으니
올라가 북두성 견우성을 딸 수 있겠네
큰 산봉우리 따라 비구름 일지 않아서
능히 이 나라는 만세토록 편안하리라
束聳三峰貫太淸 登臨可摘斗牛星 非徒岳峀興雲雨 能使
東方萬世寧 (매월당속집 제1권, 887쪽.)

　어린 시습이 지은 이 시를 본 세종임금은 그의 재주를 칭찬하는
한편 염려하셨다고 한다. 삼각산이라는 높은 곳에서 세상을 내려
다보는 듯한 오만함이 느껴졌기에.
　우뚝 솟은 인수봉, 백운대, 만경대 세 봉우리로 이루어진 삼각산
은 임금을 돕는 산으로 알려져 왔다.

# II.
## 좌절

조선 건국 초기에는 유교 이념에 충실한 인재양성이 국책사업이었을 것이다. 총명한 영재를 발굴하여 온 마을과 공동체가 길러내 국가의 대들보로 삼으려 했던.

세종에 이어 문종이 승하하고 어린 단종이 왕위에 오르자 정치적 판도는 달라지기 시작하였다. 과거시험에 낙방한 시습은 제도권에 진입하지 못하고 좌절한다. 일찍이 드러난 천재성과 시적 감수성, 사람들의 기대와 칭찬, 불우한 사춘기, 과거 낙방은 시습의 마음에 큰 상처를 남겼다.

세종이 불어넣어 준 장밋빛 꿈도 사라졌다. 수양대군이 한명회 등 정난공신들과 더불어 피바람을 일으키며 왕위에 오른 것이다. 계유정난이 일어나고 단종이 사사되기까지 그 삼 년은 정의가 사라진 혼돈의 세월이었다.

## ◇ 19세 · 1453년
### 과거 시험장에 날아든 한 마리 수리

시습은 13세가 될 때까지 이계전, 김반, 윤상 등에게서 사서육
경을 배우고 역사서, 제자백가서 등은 가르침 없이도 읽어냈다. 한
번 외우면 잊지 않았다. 그러다 15세에 어머니가 돌아가시는 아픔
을 겪었다. 18세까지 어머니의 무덤 옆에 초막을 짓고 삼년상을 치
렀다. 삼년상을 치르는 중에 자신을 돌봐주시던 외할머니가 돌아
가셨고, 병을 얻은 아버지는 계모를 얻었다. 시습도 이 무렵에 훈
련원 도정 남효례의 딸과 혼인하였다.

시습은 1452년 18세에 과거에 응시하고자 상경했다. 그리고 그
는 이듬해 단종 1년에 치러진 계유년의 과거에서 낙방하고 만다.

**봉전진충**逢全盡忠

계유년 봄 과시에 도착하니 성균관에 큰 수리 날아올랐지
그대 만나 관리 뒤따르며 과거장에 들어가자 약속했지만
복숭아꽃 필 때가 안 돼 헛되이 옥돌만 품고 돌아왔어라
유공은 뜻 굽힌 지 오래이고 나 역시 먹물들인 옷 입고 말았네
癸酉赴春闈 南宮一鶚飛 遇君隨計吏 約我入荊圍 未綽桃
花浪 空懷璞玉歸 劉公今久屈 余亦染緇衣 (매월당시집 권6,
301쪽.)


 시습은 아들 뻘 되는 남효온의 재능을 존중하여 수재라 부르
며 교유하였다. 아끼던 수재 남효온의 꿈에 그의 증조모가 나타났
다. 남효온은 "제가 급제하겠습니까?"하고 물었다. 하지만 대답
은 없었다. 다시 묻자 "너는 급제하기 어려울 것이다." 했다. 그리
고 "올해 5월에 네가 분명 급제할 것이다. 지은 글이 반드시 여러
선비 중에 으뜸일 것이지만, 원수진 자가 들어와서 시관이 된다면
반드시 너의 글을 빼내어 낙제에 둘 것이니, 이것이 네가 급제하기
어려운 이유이다."(남효온, 국역추강집2) 이는 당시 과거급제가 공
정하지 못했음을 보여주는 사례이다.
 시습은 과거시험에 떨어졌고, 날개는 꺾였다.

## 현릉顯陵

세종께서 문장 이룬 지 삼십 년
뜻을 잇지 못하고 승천하신 문종 임금
단종의 슬픈 일 왕조의 책에 있고
왕의 일은 오직 국사로 전해질 뿐
고요한 사당에 남은 향불 피워 올리니
능위의 거친 풀 에워싸는 연기
텅 빈 산 속 꽃 지고 새우는데
석마는 솔숲 너머 하늘만 말없이 보네
皇考成章三十年 民瞻繼志奄登仙 已欠桂子璿源籙 只見
龍飛國史傳 清廟餘香添宿火 佳城荒草繞輕煙 落花啼鳥
空山裏 石馬無聲松桂天 (매월당시집 제2권, 122~123쪽.)


　세종의 뒤에는 어린 나이에 세자로 책봉되어 정치 경륜이 풍부
했던 문종이 있었다. 37세에 왕위에 오른 문종은 2년 뒤, 열두 살
세자 노산군을 집현전 학사들에게 맡기고 현릉에 묻혔다. 이후 '현
릉의 송백'은 단종을 향한 충절의 상징이 되었다. 현릉과 소릉을
가슴에 품은 이들은 권력의 칼날 앞에서도 당당하거나, 깊은 산 속
으로 들어가 숨어 살면서 뜻이 이루어질 날을 기다렸다.

## ◇ 21세 · 1455년

### 철원과 영월 사이

시습은 삼각산 중흥사로 올라가 다시 과거시험 준비를 하고 있었다. 그러던 중 1455년 수양대군이 단종에게서 왕위를 찬탈했다는 소식을 들었다. 읽던 책을 불사르고 과거 공부를 접은 시습은 반궁리 이웃에 살던 영해박씨 일가, 조상치 등과 함께 김화 사곡촌으로 들어갔다. 그들은 금강산 가까운 김화에서 경서뿐 아니라 손자, 오자병법 및 검술도 연구하며 훗날을 도모하였다.

사람들은 벼슬을 버리고 깊은 산속으로 들어간 김시습, 조상치, 박도, 박낭, 박규손, 박효손, 박천손, 박인손, 박계손을 구은九隱이라 불렀다.

신라 충신 박제상의 후손으로서 세종임금의 존중을 받던 영해박씨 일가는 천륜을 저버린 세조에게 끝까지 저항하였다. 이들과 한 가족처럼 지내던 시습은 복계산 자락에서 함께 머물다 춘천 청평사를 거쳐 단종의 유배지 영월을 다녀온 듯하다. 단종은 노산군으로 강등되어 영월의 청령포에서 자신의 처지를 슬퍼하며 시를 지었다.

달 밝은 밤 자규새는 구슬피 우는데 / 시름겨워 자규루에 기
대노라 / 네 울음 슬퍼 내 마음 괴롭구나 / 네 소리 없으면 이
내 시름없을 것을 / 이 세상 괴로운 사람에게 말하노니 /
부디 춘삼월 자규루에는 오르지 마오.

원통한 새 한 마리 궁궐을 나와 / 그림자 더불어 푸른 산속에
있네 / 밤이면 밤마다 뜬눈으로 지새우고 / 날이면 날마다 한
이 풀리지 않아 / 적막한 새벽 봉우리 달빛만 하얗고 / 붉은 꽃
져서 피 흐르는 봄 골짜기 / 하늘은 애달픈 하소연 듣지 못하
고 / 어찌 수심 어린 내 귀에만 들리나

　영월에서 돌아온 시습은 단종이 구슬피 읊었다는 시, 「자규사」
를 외워서 전해주었다. 구은들은 이에 화답하여 「화자규사和子規詞」
를 차례로 읊었다. 후환이 두려웠던 이들은 시문들을 모두 불태워
버리거나 물 위에 떠내려 보냈다.

## 달밤에 듣는 자규 소리 月夜聞子規

동산에 달이 뜨자 소쩍새 우네

남쪽 난간에 기대니 더욱 처량해

너는 돌아가고 싶다고 울지만

은하수 하늘 너머 촉나라는 아득하다

춘산 가자 수차례 외쳤지만

춘산 곳곳 먹구름 드리웠구나

어딘 지 알 수 없어도

사모하는 임 다시 볼 날 기다립니다

東山月上杜鵑啼 徙倚南軒意轉悽 爾道不如歸去好 蜀天
何處水雲迷 歸去春山幾度聞 春山處處結愁雲 不知何許
囂叢路 還有思君不見君 (매월당시집 제5권, 257~258쪽.)

## 두견새 소리를 들으며 聞杜宇

두견새 날 보고 돌아가라 재촉하니

눈물 흘러 옷깃 적시옵니다

만 봉우리 첩첩산중

백 번 울부짖다 한 번 날개짓 하려합니다

춘산 대나무 꺾어 피리 불 듯 울다 보니

새벽달 환히 빛나고

원통하다 외쳐 봐도 아무 소용없는

두견새 울음소리 정말 애처롭습니다

杜宇促人歸 令人淚濕衣 萬峯千疊裏 百叫一番飛 迸裂春
山竹 啼殘曉月輝 訴冤冤不盡 聞爾正依依 (매월당시집 제5
권, 259쪽.)

## ◇ 22-23세 · 1456-1457년
### 사육신 노량진에 묻고, 자규새는 떨어지고

시습은 철원에서 화천 곡운구곡을 거쳐 춘천 청평사에 머물다 설악산 오세암으로 들어갔다. 그러다 사육신 소식을 들은 23세 시습은 군기감(현 서울시청) 광장으로 달려갔다. 거열형을 당한 시신을 수습하려는 사람은 아무도 없었다. 모두 대역무도 죄인에게 연좌될까 두려워했다. 시습은 성삼문, 성승 등의 시신을 수습하여 노량진 언덕에 묻었다. 작은 돌로 묘표를 대신했다. 사육신의 주검을 새남터에서 노량진 언덕으로 수습한 시습은 종적이 묘연하였다. 설잠스님 시습은 이후 관서, 관동, 호남, 경주 등으로 분주히 돌아다녔다. 그는 단종복위 시도들이 모두 실패하자 이동이 자유로운 승려 옷차림으로 지사들을 찾아다닌 듯하다.

1457년 10월 24일 어린 임금 단종은 숙부가 보낸 사약을 받아 마셨다. 수양대군은 상왕이 된 조카와 종실, 외척들의 목숨까지 비정하게 거두어 갔다.

## 조사弔辭

**남효온**

사나운 기운 고요해지자 모든 구멍 막혀버렸네

서릿발 하얀 달밤 소나무 한 그루 푸르게 서 있네

충신의 머리 임금 흠모로 희어지니

머리 잘려나가도 절개 굽히지 않아

다른 임금 내린 녹봉 죽어도 먹지 않으니

대나무 스치는 맑은 바람 도연명 비치던 밝은 달빛이어라

땅속에 묻힌 충신 억울한 피 두 손 가득 움켜쥐리라

厲氣初濟 衆竅爲塞 霜雪皎皎 松獨也碧 有臣之首 愛君而

白 有頭可裁 節不可屈 他人之栗 寧死不食 孤竹淸風 柴桑

明月 土中有鬼 寃血一掬 (국역 추강집2, 272쪽)

II. 좌절 —— 35

## 가을 생각 秋思

가을 생각 몰아쳐 잠 못 이루는데
작은 창 너머로 글 읽는 맑은 소리
십 년 전 옛일은 흔적이 없고
한밤중 온갖 벌레 못마땅해 우는데
백지장 언저리에 등불 하나 켜고
오동나무 위 달 떠오른 자정 무렵에
옛사람과 언제 서로 다시 만날지
이소경 들고 송생에게 묻고 싶어라

秋思驅人睡不成 小窓淸越讀書聲 十年舊事了無迹 半夜
百蟲鳴不平 白紙帳邊燈一點 碧梧桐上月三更 古人如可
重相見 欲把離騷問宋生(매월당시집 제1권, 74쪽.)


왕비가 된 지 삼 년 만에 관노로 전락한 단종비 송씨 부인. 그녀
는 숭인동에서 염색 일을 하다 정업원의 비구니가 되어 눈물의 팔
십 평생을 마쳤다. 십 대 후반에 생이별하고 사후의 무덤마저 멀리
떨어진 단종과 정순왕후. 후세 사람들은 영월 장릉의 소나무와 남
양주 사릉의 소나무들이 서로를 향해 굽어있다고 믿으며 안타까워
하고 있다.

## 괴이한 일 怪事

세상일 괴이하여 가슴 속에 울화가 치민다
갈고리는 은혜와 영광을 낚고 활시위는 재앙을 불러 모았네
세상사 모두 달콤한 듯 귀엣말들 즐기지만
남에게 빌려온 머슴 부리듯 굳게 문 닫고 말조심해야지
초나라 글 생각하면 저절로 터지는 목멘 울음소리
예부터 굳세고 곧은 사람 관 뚜껑 덮은 뒤 이름 드러나니
혀 차고 눈썹 치켜 올려 위태한 세상 걱정 떨쳐내야지
世事足可怪 心中何一鬱 似鉤得恩榮 如弦遭崇孼 世事皆
以甘 肯向傍人說 儌屋又傸人 杜門復捫舌 緬懷楚些章 不
覺聲嗚咽 古來勁直者 蓋棺立名節 咄咄且揚眉 莫愁時運
駝 (매월당시집 제1권, 76쪽.)


하늘의 뜻을 거스른 그날 이후 세상은 괴이하게 돌아가서 충신
들은 거목처럼 넘어가고, 그들을 찍어낸 이들이 승승장구하던 그
때. 시습은 세상 사람들의 온갖 회유에도 대문과 입을 굳게 닫고
말았다.

## 소나무 오두막 葺松檜以爲廬

이 한 몸 겨우 뉠, 바위에 얽은 집엔

낙엽 이불 삭정이 횃대뿐

소나무 전나무 덧댄 방은 작고 편안해

구름 노을 휘장과 푸른 산 병풍

원숭이, 새와 더불어 사는

나는 본시 구름처럼 물처럼 흘러가는 방랑자

모든 만물 성정은 길들이기 나름

먹고 마실 것 마른 풀숲에 다 있거늘

원하건대 세한의 맹세 맺고서

두루 노니는 즐거움 끝없이 누려 보세나

倚巖架小廬 僅得容我軀 落葉以爲氈 枯査以爲櫨 葺之兮
松檜 室小心愉愉 雲霞爲帳幄 碧山爲屛風 猿鳥爲伴侶 得
我心所同 我是放浪人 夷猶雲水中 物性亦馴擾 飮啄依枯
叢 願結歲寒盟 行樂無終窮 (매월당시집 제2권, 126쪽.)

## 옛 친구 박정손을 찾아가다 訪舊友朴靖孫

지팡이 둘러메고 그대 찾으니 친구 집은 바닷가라네
가을 지나 국화 더욱 곱고 깊은 밤 나뭇잎 떨어지는 소리
들판의 황금 물결 시들어가고 처마 끝 석양은 기우는데
오늘 우리 다시 모여앉아서 글 논할 날이 오게 될 줄이야
杖藜一尋君 君家住海濱 寒花秋後艶 落葉夜深聞 野外金
風老 簷頭夕照曛 寧知今日遇 團坐更論文 (매월당시집 제6
권, 310쪽.)


속세를 떠난 시습의 거처는 바위 꼭대기에 얽어맨 방 하나였다.
세간은 산속에 널린 낙엽 이불과 옷 거는 횃대 하나. 바닷가에 사
는 옛 친구를 찾아간 시습은 오랜만에 만나 회포를 푸느라 마음에
생기가 돈다. 다시 못 볼 줄 알았던 친구와 행복했던 그 옛날의 어
느 날로 되돌아간 것 같은 즐거움으로.

## 친구의 방문을 기뻐하며 喜友見訪

객지에 사느라 문안하는 이 없어 사립문 온종일 닫아걸고
세상일 무심히 바라보니 구름 산 떠올라 눈물이 난다
옛일 이제 아득히 멀고 오가던 친구들 모두 사라졌는데
그대와 한나절 머무니 서로 기뻐서 얼굴 활짝 펴노라
客裏無人弔 柴扉盡日關 無心看世事 有淚憶雲山 故舊成
疏闊 親朋絶往還 喜君留半日 相對一開顏 (매월당시집 제6
권, 311쪽.)

문에 빗장 걸고 옛 친구들과 노닐던 구름 낀 산을 떠올리며 눈물
지을 때 대문 두드리며 찾아온 친구가 있었으니 얼마나 반가웠을
까? 그가 가장 기쁜 순간은 뜻이 통하는 벗과 어울려 글을 논하고
시를 읊을 때였다.

# Ⅲ.
# 꿈과 환상

꽃다운 스무 살 청년의 좌절은 단종 폐위라는 거국적인 좌절로 승화된다. 과거를 포기하고 승려가 된 시습은 충절이라는 대의명분을 고수하는 삶으로 방향을 전환한다. 상실과 결핍을 자기희생으로 보상하려는 욕구가 무의식 속에서 터져 나온 것이다.

철원에서 구은과 때를 기다린 일, 사육신 주검을 수습한 일, 동학사에서 단종의 초혼제를 지낸 일 등은 대의명분을 위해 자신은 희생되어도 좋다는 무의식의 발현이었다.

어머니와 외가에 대한 강한 애착은 훗날 여성에 대한 불신으로 나타나기도 하였다. 시습은 이십 대, 사십 대 두 차례 부인을 얻었으나 모두 자손을 남기지 못한 채 초반에 두 부인과 사별하였다.

시습은 푸른 산과 맑은 시냇물로 차를 달이며 시를 읊고 농사를 지었다. 이렇게 자연 속에서 마음을 비우고 채우며 스스로 상처를 치유했다. 거리를 떠돌며 체험했던 일들은 예술적 환상으로 승화되었다.

## ◇ 24세 · 1458년
### 개성, 평양, 묘향산을 다니다

1453년 김종서의 부관을 거쳐 함경도 절제사를 지내던 양산 출신의 소년 장사 이징옥이 난을 일으켰다. 세조에게 저항하여 스스로 후금 황제라 칭하였지만 오래가지 못했다. 1456년 6월 사육신들은 명나라 사신의 축하연 때 별운검을 세워 훗날 세조가 된 수양대군을 치려 했다. 순흥으로 유배된 금성대군과 유림의 단종복위운동 또한 부당한 권력에 온몸으로 저항했던 이들의 서글픈 몸부림이었다. 그들의 저항은 가까운 이들의 배신으로 끝났다. 일가친척들은 연좌되어 목숨을 잃었고 부인과 딸들은 정난공신의 노비로 끌려갔다.

강원도 김화를 거쳐 금강산과 함경도 문천으로 깊숙이 숨어들어간 박제상의 후손 영해박씨 일가들 또한 세상에서 잊혀졌다.

세조는 충남 공주 동학사에 사육신을 위한 초혼각을 세워 자신의 죄를 씻고자 했다. 시습은 조상치 등과 함께 동학사에서 단종의 초혼제를 지낸 후 관서로 향했다. 관서로 가는 길에 임진강 하류 낙하를 건너 호곶을 지나 송도로 들어가 옛 성과 텅 빈 마을을 돌아보고, 천마산, 성거산 등에도 올랐다. 가을 박연폭포의 위엄을 바라보기도 했다.

시습은 송도를 떠나 평양에 들어섰다. 부벽루에 올랐고, 두루 평양의 유적들을 살폈다. 대동강변을 거닐고, 고조선의 서울이었던 이곳에서 단군의 자취와 기자 조선의 이야기를 떠올렸다.

평양을 떠나 서북쪽으로 향한 시습. 관서의 변경에서 군사들이 훈련하는 모습을 보았고 묘향산의 보현사에 들렀다. 북쪽 국경을 향하고자 하였으나 그저 발길을 돌려야 했다. 당시 여진족들의 잦은 출몰로 더는 나아갈 수 없었으리라. 그리고 다시 평양으로 돌아와 「유관서록遊關西錄」을 엮었다.

## 다니며 노닐다 漫遊

물가에서 즐기며 노느라 꿈같은 세상일일랑 모두 잊었다.
학교에서 방학한 아이들처럼 격구장을 내달리는 말처럼
나막신 신고, 산기슭 쏘다니니 사람들 미쳤다 웃어 대겠지!
川澤遨遊慣 紅塵夢已忘 如童放學館 似馬走毬場 屐齒遍
山麓 新詩盈草堂 後人應笑我 天地一淸狂 (매월당시집 제1
권, 87쪽.)

　제 한 몸만 지키는 것을 부끄러워하던 그는 '먹물들인 옷을 입고
산사람이 된다면 원하는 일을 이루리라'라고 결론을 내렸다. 부역
과 호패의 의무에서 자유로운 승려 행색을 한 시습. 그는 지공, 나
옹, 무학처럼 고려 말의 풍속에 따라 머리 밀고 수염을 길렀다.
　시습은 경치 좋은 곳에서 시를 읊은 뒤 나뭇잎이나 절벽에 써 놓
기도 했고. 당나라 천재 시인 이하처럼 시를 써서 집어넣는 통을
메고 다녔다.

## 강화 마니산에 올라 登摩尼山 江華

산빛 좋은 마니산이 바다 위에 하늘같이 우뚝 섰네
기러기도 건널 수 없는 곳 그림같이 맑은 아지랑이 피네
제단에 가을 풀 시들고 절집에 흰 구름 외로이 떠가는데
아득한 바다 바라보니 파도에 닿을 듯 말 듯 물안개 피네
摩尼山色好 矗立海天隅 飛雁不能渡 晴嵐摠可圖 祭壇秋
草老 僧舍白雲孤 一望滄溟闊 煙波接有無 (매월당시집 제4
권, 223쪽.)


　예성강 나루터에서 배를 타고 강화도로 건너갈 때 마니산이 신
성하게 우뚝 솟아 있었다. 마니산 꼭대기에 올라 참성단 아래 넓게
펼쳐진 서해의 물안개를 바라보던 시습. 그곳에서 반만년 전 단군
이 봄, 가을마다 하늘에 제사를 지냈다고 한다.

## 벽란도 누각에 올라 登碧瀾渡樓

푸른 기름 같은 벽란도 강물
가을 갈대밭에서 넘실넘실 출렁거리는데
사람과 친한 갈매기 날 생각 없고
물 위에 흔들리며 떠 있는 마름 풀
어디선가 들리는 고깃배 피리 소리
십 리 너머 어느 집, 밥 짓는 연기
물결 차고 날 저물어 건널 수 없어
닻줄 매고 누각에 홀로 기대섰노라.
碧瀾之水碧如油 漾漾溶溶崔葦秋 白鷗慣人不飛去 綠荇
隨水相飄浮 何處一聲漁笛遠 誰家十里炊煙浮 波寒日暮
不能渡 繫纜獨倚江邊樓 (매월당시집 제4권, 230쪽.)


송도로 들어가기 전에 시습은 예성강 하구의 벽란도 누각에 올
랐다. 아라비아 상인까지 드나들던 예성강 하구의 물결은 차고 날
은 곧 저물었다. 시습은 벽란도 누각에 잠시 몸을 기댄다.

## 옛 저자거리에서 故市

시정은 쓸쓸하여 해시 장날 같은데
삿갓만 속절없이 거리를 채우고
의관은 평일과 다름없어도
성곽엔 싸움터 잔해가 여태 남아있구나
솔 매화 울창한 곳 모두 절집이고
들꽃 버들 무성한 곳 모두 민가라네
한 수레 책들이 통일되니
백성들 새 임금 영정 향해 수만 번 절했으리

市井蕭條似亥虛 空餘臺笠滿閭閻 衣冠盡屬昇平日 城郭
猶存征戰餘 鬱鬱松柟皆佛宇 依依槐柳是人居 車書四海
今歸一 民賀仙圖萬有餘 (매월당시집 제9권, 유관서록, 409쪽.)


절집과 민가와 궁터와 고려 능묘가 어우러져 있는 송도에 들어
선 시습. 새 나라 새 임금을 경하하는 어진 백성들 생각에 마음이
착잡해진 듯하다.

## 상량문 上樑文

어여차 들보여!
위를 보면 무지개 부여잡고 하늘로 오를 듯하고
바다와 섬들이 천만리에 펼쳐져
인간 세상 뒤돌아보니 손바닥만 하여라
(매월당외집 제1권, 금오신화, 956쪽.)


   송도 3절의 하나인 박연폭포의 웅장한 물줄기를 바라보던 시습은 상상의 나래를 펼쳤다. 눈 앞의 폭포 물 속에 있을 법한 용궁의 풍경을 머릿속에 그려보면서. 세조와 효령대군께서 원각사 상량식에 초대하셨을 때의 경험은 금오신화이야기에 반영되었다. 송도의 한생이 용궁에서 겪은 일들을 상상한 이야기가 「용궁부연록」이다.

   용왕은 딸의 혼사 잔치를 열기 위해 가회각을 지었다. 가회각 상량식 때 읽을 상량문은 글 잘 쓰는 한생에게 부탁하기로 했다. 마침 박연폭포에 놀러 온 송도의 한생이 용궁으로 안내되어 상량문을 일필휘지로 써 내려간다. 용궁부연록에는 용왕과 거북이, 게, 궁녀등이 부르는 노래가 화려하게 펼쳐진다.

## 단군묘에서 檀君廟

단군은 겨레의 첫 조상

태백산에 신령한 발자취 남기었네

하늘이 보살펴 임금을 세우고

신이 도와 넓은 세상 하나로 편히 다스렸네

천년 후 아사달로 들어가

만대에 걸쳐 동방의 해 뜨는 곳을 찾아내셨지

옛일이 그리워 오래 머뭇거리니

서산에 지는 해 붉게 비치네

檀君民鼻祖 太白有靈蹤 天眷立元首 神綏釐大東 千年入 斯達 萬代判鴻濛 好古踟躕久 西山落照紅 (매월당시집 제9 권, 유관서록, 422쪽.)


　평양으로 들어선 시습은 평양의 정전과 허물어진 성곽 터에서 인생의 모든 희로애락이 한바탕 꿈이었음을 깨닫는다. 깊은 상실감에 빠져있던 시습은 고조선, 고구려, 고려의 폐허에서 인간의 한계를 느낀 것이다.

## 부벽루에서浮碧樓

돌계단은 천 길, 누각은 백 척

붉은 마루 푸른 기와 강물 위를 비추는데

경치는 여전하나 세월은 늙어 가니

강산은 무심하고 마음은 유정하다

푸른 나무 지는 해 아련한 객의 눈빛

하늘에 돋은 달 속세를 벗어난 듯

이제 부벽루에 올라보니 감흥도 새로운데

숲속 저녁 까마귀 느닷없이 지저귈까 두렵네

回磴千尋樓百尺 朱夢碧瓦映江潯 風光未老年將老 雲物
無心人有心 綠樹夕陽迷客眼 碧天新月洗塵襟 登臨此日
多情興 怕聽昏鴉噪晚林 (매월당시집 제9권, 유관서록, 427쪽.)


대동강 물에는 천 길 돌계단과 백 척 누각 부벽루가 비쳐 아름다
운데, 어두운 숲속 어디에선가 무슨 일이 일어날까 두렵다. 몇 년
사이에 참사를 잇달아 겪은 시습은 아무리 좋은 것을 보아도 등 뒤
에 검은 그림자가 어른거리는 것을 어쩔 수 없었다.

## 안시성에 들어가서 入安市城

그립고 그리운 안시성에 자욱한 저녁 안개 피어있구나
북쪽으로 산하가 웅장하고 서쪽에 잇댄 평평한 수풀들
맑은 강 흰 새 날아가고 작은 성 붉은 용마루 드러났어라
방방곡곡 얽매이지 않아 이 목숨 구했음을 나는 안다
依依安市城 藹藹暮煙橫 向北山河壯 連西草樹平 晴江飛
白鳥 小郭露朱甍 到處心無累 吾知得此生 (매월당시집 제9
권, 유관서록, 433쪽.)

안시성의 백성들처럼 소용돌이치는 피바람 속에서 살아남은 김
시습. 그는 당태종 이세민에게 맞선 백성들이 목숨바쳐 지켜낸 성
안으로 들어갔다. 대동강을 지나 어천의 묘향산에 올랐던 시습이
청천강으로 내려와 보니 어느새 가을이 깊어가고 있었다.

시습은 관서 유람 중에 절을 찾아다니며 '마음을 묶어두지 말고
그저 놓아두어라'는 방하착의 깨달음을 얻는다. 꿈을 잃고 만신창
이가 된 시습은 관서지방의 흐르는 물 따라 마음을 흘려보냈다. 이
때 금오산에서 쓰게 될 '이야기보따리'가 가슴 속에 가득 채워졌다.

## ◇ 25세 · 1459년

## 금강산 가는 길

1458년 시습은 개성에 잠시 머물고 있었다. 한 살을 더한 25세, 1459년 관동으로 발길을 돌렸다. 임진강을 건너 파주로 들어가 영평(포천의 옛 이름)을 거쳐 관동으로 갔다. 그리고 다시 강원도 김화를 거쳐서 내금강으로 향했다.

시습의 내금강 유람은 장안사에서 시작했다. 표훈사, 정양사, 진헐대, 백천동, 만폭동, 원통암, 진불암, 보덕굴 등의 명소를 빠짐없이 찾았다. 가을에는 철원 쪽으로 나왔다.

연말에는 서울로 돌아와 〈원각경〉을 읽었다. 〈원각경〉은 '긴 꿈에 빠진 인간의 실존을 해명하고 반성하는 경전'으로 훗날 『금오신화』를 창작하는 연결고리가 되었다.

## 임진강 언덕 정자에 올라 登臨津岸亭

버들 우거진 강 언덕 정자에 오르니 맑은 흥이 넘치노라
파도 절로 출렁이면 사람 그림자도 따라 너울너울
물고기는 얕은 여울 물풀 헤집고
물오리는 저 멀리 물가 모래밭에서 놀고 있어라
석양 어디선가 들리는 피리 소리
끊일 듯 이어지며 푸른 구름 따라 흘러가노라
柳岸江亭小 登臨淸興多 波聲自瀎潒 人影正婆娑 磯淺魚
吹荇 汀遙雁弄沙 夕陽何處笛 吹斷碧雲窠 (매월당시집 제10
권, 유관동록, 463~464쪽.)

지금도 임진강 가에는 버들이 살랑거린다. 서해로 흘러드는 임
진강은 밀물 썰물이 드나들어 참게와 장어와 황복 등 귀한 물고기
들의 서식지였다. 예로부터 이곳의 귀한 해산물들은 임금께 진상
되었다. 황복이 알 낳으러 오는 파주의 사오월은 양반들 접대로 바
쁜 달이었다.

## 감악산 맑은 구름 紺岳晴雲

감악산 높아 하늘 속에 꽂혔는데

아득한 골짝에는 구름안개 떠 있다

천 그루 높은 나무 아래 그늘진 사당

한 줄기 폭포는 연못에 걸쳐있네

뎅그렁 종소리 푸른 절벽 울리자

늙은 학 어디 가고 빈 둥지만 남았구나

그림 같이 자욱한 안개

이별 앞에 비 되어 고요히 나리노라

紺岳之山高揷天 縹緲洞壑浮雲煙 千章喬木蔭神廟 一道

飛瀑垂龍淵 但聽疏鐘搖翠壁 不見老鶴巢層巓 空濛似畫

聚復散 等閑作雨陽臺前 (매월당시집 제10권, 유관동록, 476쪽.)


파주 감악산 꼭대기에 올라 양주 땅을 바라보던 시습. 감악산에
는 당나라 장군 설인귀 전설이 깃들어있다. 가난한 농민 설인귀는
팔씨름을 잘하였다. 그의 부인이 요동 정벌로 공을 세우라 하자 안
시성 전투에 참여했다. 흰옷 입고 맹활약하던 설인귀를 본 당태종
은 졸병인 그를 장군으로 임명한다. 고구려를 멸망시켰던 그였지
만 신라와의 전투는 감악산에서 멈추어야했다.

## 포천 민가에서 자며 宿抱川人家

표연히 지팡이 짚고 금강산 가는 길에

아스라이 높은 산 눈앞에 보이네

흥겨워 좋은 술 아니 살 수 없어

가락에 맞춰 즐겨 읊는 이 좋은 밤에

홀로 불 밝힌 창밖 먼길 가는 기러기 소리

작은 집 울타리에서 들불 바라본다네

이웃집 개 꽃 아래서 컹컹 짖으니

나그네 마음 맑아져 밤이 길어라

然一錫向楓嶠 縹緲雲山入眼遙 遺興且無沽美酒 愛吟時
復度良宵 孤燈窓外聞征雁 矮屋籬邊看野燒 隣犬猖猖吠
花下 客心淸悄政無聊 (매월당시집 제10권, 유관동록, 464쪽.)


    하염없이 걷다 문득 저 멀리 산봉우리를 본 순간 날이 저물고,
묵어가기로 한 포천 민가의 집주인은 아마도 술 한 잔 곁들인 저녁
밥상을 내왔으리라. 기쁨에 겨워 노래를 읊조리다 홀로 누운 밤,
북쪽으로 날아가는 기러기 소리가 들린다. 우거진 버드나무 위로
철새들의 날갯짓은 분주하고, 흐드러진 꽃나무 아래 개가 짖는 봄
밤에 나그네는 잠 못 이루고 밤새워 뒤척인 모양이다.

## 김화 가는 길에 루에 올라 잠시 쉬다 金化路傍樓上小憩

산속 물 겹겹 꼬부랑 길

무릉도원 골짜기 드는 것 같아

가랑비 그치자 보리 물결 일고

갓 핀 들꽃에 벌 나비 날아드니

왕찬의 등루 노래가 절로 나와라

소요자처럼 당나귀 거꾸로 타고

이처럼 좋은 풍경 따라 노닐면서

꽃 보며 얼마나 높이 올라야 할까

山重水疊路縈廻 似入桃源洞裏來 小雨新晴搖麥浪

野花初拆引蜂媒 仲宣樓上那無賦 潘閬驢中正可哈

從此遊觀好風景 看花登盡幾崔嵬 (매월당시집 제10권, 유관동
록, 477쪽.)


　시습은 포천에서 발길을 옮겨 김화를 통해 강원도에 들어섰다.
그 길에 만난 누각에서 왕찬의 등루부를 떠올렸다. 한나라에 등용
되지 못한 신세를 한탄하며 조조에게로 간 왕찬을 그린 등루부. 시
대를 만나지 못한 천재 시습, 좋은 풍경 따라 노닐며 시름을 달랬
으리라.

## 다시 단발령에 올라와서 復登斷髮

정상에서 고개 돌려보니 수천 층 쌓여있는 흰 옥들

속세가 사라진 풍경 만나 기쁜 마음 어쩔 줄 모르노라

달빛 받아 일렁이는 계곡물 하늘을 찌를 듯 우뚝 선 산세

내 뜻했던 일 다 마치려고 다시 와 또 한 번 올랐어라

嶺頭回首望 白玉幾千層 慶遇無塵界 歡心不自勝

溪光明澹澹 山氣矗稜稜 我欲參方了 重來又一登 (매월당시

집 제10권, 유관동록, 474쪽.)

철원에서 금강산으로 들어가는 입구인 단발령은 신라 마지막 왕
자 마의태자가 금강산에 들어가기 전 마음을 굳게 다지며 머리를
깎은 곳이라고 한다.

뾰족뾰족 산세가 한눈에 보이는 단발령에 오른 시습. 다시 찾은
그곳에서 끝마치려던 일은 과연 무엇이었을까?

## 원통암圓通菴

집터가 얼마나 소쇄한지 스님 두 서넛 살고 있을 뿐

바람에 안개 흩어지지 않고 맑은 하늘은 냉기 머금었어라

하늘땅 사이 절벽 위 마음 맑아져 꿈자리도 달콤하여라

지팡이 걸고 하루 머무니 소나무와 달이 선담 나누자 하네

禪境何瀟洒 居僧只二三 煙光吹不散 灝氣冷相涵

地僻乾坤小 心淸夢寐甘 掛笻留一宿 松月助禪談 (매월당시

집 제10권, 유관동록, 468쪽.)


높은 산비탈에 너와 지붕을 얹은 작은 암자 원통암. 의상대사가
관음보살을 모셨다는 그 암자에 들른 시습.

절벽이 병풍처럼 둘러싼 금강산 송림사 원통암에서 꾼 꿈은 맑
고 깊은 단꿈이었을 것이다.

## 보덕굴에서 寶德窟

이끼 낀 구리 기와 드높은 구리기둥
처마 끝 풍경 소리 바람 따라 뎅뎅
보덕산 바위 굴 몇 척이나 높은지
은빛 파도 쉼 없이 밤새 울부짖노라
허공의 쇠사슬 바람 따라 쩔렁대고
절벽의 구름다리 이리저리 흔들흔들
분향하고 절하여 마음 가라앉으니
마치 용궁 가는 자라 타고 있는 듯

銅瓦生衣銅柱高 簷鈴風鐸響嘈嘈 寶山巖窟幾尺聳 銀
海波濤終夜號 鐵鎖掛空搖嘎嘎 雲梯緣壁動騷騷 焚香
一禮心無雜 疑是仙宮駕六鼇 (매월당시집 제10권, 유관동록,
468~469쪽.)

바위 산꼭대기 굴 입구에 수직의 절벽을 따라 구리 기둥을 받쳐
지은 작은 암자 보덕암.
집과 기둥을 쇠사슬로 엮은 암자는 바람 불 때마다 삐걱거리고
흔들려서 머리칼이 곤두섰다고 한다.

## ◇ 26세 · 1460년
### 오대산 가는 길

　동학사에서 과일과 민물고기를 올려 단종의 제사를 지낸 시습은 1460년 봄에 관동으로 들어갔다. 왕심역에서 검단산 아래 도미협과 용진, 월계협을 지나 양평, 지평을 거쳐 여주와 원주를 지나 갔다.

　강릉에서 두세 달 머물다가 여름에 오대산으로 들어가 그곳에 집을 짓고 살았다. 다시 길을 나섰다. 평창, 마제진, 영월을 거쳐 험한 산비탈길을 걷고 또 걸어갔다. 신발이 다 닳도록.

　9월에 관동지역을 유람하면서 쓴 시들을 모아서 「유관동록遊關東錄」을 엮었다.

## 도미협에서 渡迷峽

도미협의 물빛은 이끼보다 푸른데
관동 가는 길이 왜 이리도 멀까
등에 지팡이 메고 앞만 보며
맑은 강 그림자만 헛되이 좇고 있네
강물과 꽃은 눈에 아른거리고
갈매기 짝을 지어 배를 따라 나는데
나는 본래 욕심 없는 떠돌이
온 세상이 내 집이니 거칠 것 없어라
지팡이 짚고 험한 산길 달리며
노래하고 웃다가 괜시리 고개 드네
살아생전 높은 벼슬 원하지 않고
죽어 명성 남기기도 원치 않았네
해진 신 바닥까지 닳고 닳아도
산골 초막에 내 이름자 오래 걸어놓고
솜 같은 봄 구름 바람에 일렁이면
소맷자락 펄럭이며 강물 건너가는데
때마침 흰 새 한 쌍 날아가더니
서로 부르며 강가에서 나를 기다리네

渡迷之水靑於苔 關東道路何遼哉 橫擔柳樏不顧人 淸江影
裏空徘徊 江水江花眼底迷 兩兩白鷗同浮杯 我曹自是淡
宕人 爲家萬里心恢恢 杖藜扶我峽中走 放歌大笑空翹首
不願簪笏絆身前 不願芳聲耀身後 直將消底破芒鞵 長願
掛名匡廬皐 春雲如絮春風起 飄飄兩袂渡江水 時見一雙
白鳥飛 相鳴遲我淸江沚 (매월당시집 제10권, 유관동록, 479쪽.)


　백제의 도미 부인은 자신을 탐낸 개로왕을 피해 눈먼 남편과 배
를 타고 고구려로 건너갔다. 그들이 강 건너 갔던 도미나루터는 현
재 하남시 북단 팔당대교 근처였다. 도미나루는 팔당대교 아래에
있었다. 그 옛날 강변 모래밭을 달리던 말과 사람들을 건네주던 나
루터 뱃사공들이 눈앞에 아련하다.
　시습의 시는 사람과 동물의 힘을 빌려 이동하고, 홍수와 가뭄에
시달리며 살아가던 그 시절로 안내한다.

## 용문사에서 龍門寺

산속에 들어와 시 쓰는 늙은이, 복숭아꽃 물결칠 때
절간은 향내 자욱하고 산방엔 경쇠소리 댕댕거린다
이끼 낀 돌길 미끄럽고 바위샘엔 담쟁이 넝쿨 늘어졌다
우리 임금 민가에 계실 때 타신 가마 잠시 머물렀던 곳
杜老招提境 桃花浪躍時 寶房香霧鎖 山室磬聲遲 石逕苔
蹤滑 巖泉蘿蔓垂 我王潛邸日 翠蓋屈于玆 (매월당시집 제10
권, 유관동록, 481쪽.)


　시습이 팔당을 지나 양평 용문사로 들어왔을 때는 복숭아꽃이
만발한 봄날이었다. 신라 원효대사가 천 오백여 년 전에 세웠다는
용문사.
　천년의 은행나무는 경순왕과 마의태자, 세조와 정희 대비, 시습
등을 비롯한 나그네들을 지금처럼 말없이 바라보았겠지.

# 신륵사神勒寺

절집엔 송백 울창하고 등나무 넝쿨 얽혔는데

문밖 푸른 강물엔 뱃노래 소리

나무에 깃든 학, 동산 위에 뜬 밝은 달

용 같은 바위 가엔 물안개 자욱한데

강 건너 푸른 언덕 버드나무 에워싸고

절에서 멀어진 흰 새들 물결 위에 떠 있네

저물녘 난간에 기대 머리 돌려 바라보니

저녁 바람에 흔들리는 억새꽃 휘날리네

梵宮松檜暗藤蘿 門外滄洲聽棹歌 巢鶴枝邊山月白 蟄龍
巖畔渚雲多 蒲牢遠渡靑楓岸 金刹遙看白鳥波 薄暮倚欄
回首望 晚風搖落綠蘋花 (매월당시집 제10권, 유관동록, 481쪽.)

　여주 신륵사 넓은 바위에서 강 건너를 바라본다. 하늘에는 밝은
달이 휘영청, 나뭇가지 위에 하얀 학이 깃든 평화로운 전경. 뱃놀
이 즐기는 사람들의 노랫소리가 들려오는 듯하다.

## 원주 가는 길 原州途中

봄바람에 지팡이 짚고 관동 가는 길

원주로 들어서니 안개 낀 수풀

인적 드문 객사에는 마차 또한 드물고

드높은 누각 비 온 뒤 붉은 해당화

십 년 길 누비며 다 닳아버린 신발

드넓은 세상에 텅 빈 주머니 하나

시 짓는 나그네 마음 어지러운데

하필이면 산새 노래하듯 기생소리 들려오네

春風一錫向關東 路入原州煙樹中 公館人稀車馬少 長亭
雨過海棠紅 十年道路雙鞋盡 萬里乾坤一橐空 詩思客情
俱攬我 況聞山鳥語花叢 (매월당시집 제10권, 유관동록, 483쪽.)


여주를 떠난 시습은 원주의 안개 자욱한 숲속 관사에 몸을 의탁
했다. 호젓한 객사에 핀 붉은 해당화, 시 짓는 그의 마음을 흔들어
놓았다.

## 각림사에서 자며 宿覺林寺

스스로 청한하다 웃으며 속세 떠나

지난 몇 해 산만 바라보며 살아왔다

관서 천 리 길 지팡이 휘두르다

또다시 관동 향해 신발 두 짝 끌고

예부터 가고 싶던 절에 와보니

송백 그늘 속에 누각 높이 솟아 있다

높디높은 고운 종각의 범종소리

주렴은 펄럭이며 구름 창 흔드는데

차마 죽지 못한 장부, 멀리 나다니기 좋아하니

어찌 말뚝처럼 가만히 앉아있으랴

한평생 좋은 풍경 보겠다는

그 높은 기상 내 어찌 굽히며 살리오

自笑淸寒謝塵迹 年來自有看山癖 關西千里曾飛筇 又向 關東曳雙屐 覺林自是古招提 松檜陰中聳樓閣 玉筍巍峨 揷高鍾 珠簾淅瀝搖雲窓 丈夫未死愛遠遊 豈肯兀坐如枯 樁 且窮勝景作平生 其氣崒嵂何由降 (매월당시집 제10권, 유 관동록, 483쪽.)

각림사는 강원도 횡성군 강림면에 있던 두어 칸짜리 작은 절이었다. 지금은 주천 강변에 절터와 바위에 새긴 '태종대'라는 글자와 '노구소'라는 지명만 남아있다.

고려 말 함경도 함흥에서 원나라 관리 이성계의 아들로 태어나 훗날 조선의 태종이 된 이방원. 그가 고려 충신 원천석에게 배워 과거급제한 곳이 각림사였다.

두 차례 왕자의 난을 거쳐 왕위에 오른 이방원이 각림사로 찾아갔을 때 스승은 그를 피했다. 스승은 강가에서 빨래하던 노파에게 간 곳을 알려주지 말라 일렀다. 태종이 행방을 묻자 반대 방향을 가리켰던 노파는 뒷날 그가 임금이었다는 사실을 알고는 강물에 몸을 던졌다.

그곳에 시습이 왔다. 속세 떠나 유랑하던 길에 기상을 꺾지 않고 살겠다고 짐짓 큰소리를 쳐본다.

## 영월군에서 노닐다 遊寧越郡

산과 시내 험한 영월 땅, 구름안개 영남을 가로막았다
태백산과 이어진 높고 먼 산봉우리 질푸른 그곳에서
벼랑 끝 벌꿀 따 세금 바치고 뽕잎 먹여 누에 기르는
사람들 순박하고 순수해 천진난만하여라
寧越山川險 雲煙隔嶺南 峻峯連太白 遠岫染深藍 崖蜜輸
民稅 山桑飼野蠶 居人無巧詐 淳朴且癡憨 (매월당시집 제10
권, 유관동록, 505쪽.)

  시습은 영월의 험한 산속에 다다랐다. 벼랑 끝에서 꿀을 따 세
금 바치는 순박한 사람들이 사는 인심 좋은 영월 땅. 강물로 둘러
싸인 영월 청령포는 어린 단종임금이 생애 마지막 시간을 보내던
곳이다.

## 대관령에서 大嶺

대관령에 구름 걷히니 꼭대기엔 아직도 흰 눈
양 창자 같은 꼬부랑 길 새가 나는 길처럼 까마득하네
꼭대기에서 시를 읊나니 놀라운 풍경 발아래 펼쳐지네
大嶺雲初捲 危巔雪未消 羊腸山路險 鳥道驛程遙 老樹圍
神廟 晴煙接海嶠 登高堪作賦 風景使人撩 (매월당시집 제10
권, 유관동록, 483쪽.)


대관령을 넘어 영동 가는 길이었나 보다. 관동의 험한 고갯마루
에 서자 구름이 걷힌다. 그러자 아직 남은 흰 눈이 나타난다. 고개
아래 산봉우리들이 줄지어 섰다. 구불구불 양 창자 같은 길을 걸어
올랐다는 것을 꼭대기에 오르고 나서야 깨닫는다.

## ◇ 27-28세 · 1461-1462년

### 호서와 호남지방을 떠돌다

관서를 유람하고 내려온 시습은 1460년 9월까지 관동을 유람했다. 그리고 그때 지은 시들로 「유관동록遊關東錄」을 엮었다. 관동의 자연은 시습의 몸과 마음을 씻어주었다. 그해 10월에는 호서로 향했다. 호서로 내려가던 중에 동학사에서 단종의 기일에 제사를 올렸다.

시습은 전주를 거쳐 변산의 내소사를 찾았고, 부안성과 고부성을 둘러본 뒤 장성군의 초막에서 겨울을 났다. 백제 땅을 걸으며 백제 역사를 되돌아본 뒤 〈영백제고사〉를 지었다.

보살사와 광주 무등산을 거쳐 송광사로 갔다. 시습은 남원의 지리산에서 함양과 거창의 견암사를 지나 최치원의 발자취를 따라갔다.

30세에 쓴 「탕유호남록宕遊湖南錄」 후지後誌에서 그는 호남지방이 매화와 대나무, 치자와 난초, 귤이 자라고 아름다운 비자나무와 동백나무 숲이 있고 물자가 풍성한 곳이라 했다.

## 날 저물어 개태사에 투숙하다 暮投開泰寺

황량한 절집, 문 열려서

저물녘 박쥐들만 어지럽게 날아들고,

섬돌 덮은 들풀도 가을이라 시드는데

비 맞은 가을꽃 다투어 피네

고려를 겪었던 옛 솥, 부러진 비석

지금까지 몇 번이나 모진 풍상 겪었을까?

떨어진 단청 조각, 사라진 향불 보니

비로소 고려 때 전란을 실감하네

梵宇荒涼宮殿開 黃昏蝙蝠亂飛來 侵階野草逢秋老 滿砌

寒花着雨摧 古鑊尙經麗歲月 斷碑曾歷幾風雷 丹靑剝落

銷香火 須信昆明有劫灰 (매월당시집 제11권, 유호남록, 509쪽.)

　　고려 왕건이 후백제를 제압하고 세운 비운의 역사가 서린 사찰,
개태사. 시습은 박쥐가 드나들고 옛 솥과 부러진 비석이 뒹구는 개
태사에 들어가 밤이슬을 피했다. 사람의 손길이 끊어진 황량한 절
집에는 전란의 흔적이 남아 있었다.

　　스산한 옛 절은 왜구에게 유린당하던 옛사람들의 고통을 고스란
히 전해주었다.

## 백제 고사를 읊다 詠百濟故事

### — 백제인들 바다를 건너와 살다 百人濟海而來居

아직 나라가 없었을 때 나지막하고 습기 많은 비옥한 땅

언덕에 솔 참나무 무성하고 물가 평지엔 쑥이 풍성하여

짐승 새 발자국 서로 사귀니 대자연의 언덕은 광활했네

백제사람 중국을 떠나 푸른 바다 건너온 뒤에

어르신은 추장 세우고 약자들 나아가 백성 되어서

우물 파고 텃밭 갈아 씨 뿌리고 집 지어 거친 땅 개척했네

그것이 옛 백제였으니 풍속 어찌 그리도 순후하던지

伊昔未有國 原隰何畝畝 丘壟暗松櫟 墳衍豐蒿萊 獸蹄鳥
跡交 渺莽鴻蒙垓 百人自中國 遠渡滄溟來 以長爲其酋 孱
者趨爲民 鑿井又耕堡 種築開荒榛 是爲古百濟 風俗何庬
淳 (매월당시집 제11권, 유호남록, 518쪽.)


시습은 옛 백제 땅을 지나면서 그곳의 역사와 바다 건너온 백제
인의 개척정신을 이어받은 순후한 사람들을 노래한다. 이 시는 백
제를 노래한 다섯 수 중의 첫 번째 시이다.

## 저물녘에 짖는 산개 山犬暮吠

컹컹거리는 산개 굴 속에서 짖어 대네
구름은 솔숲에 흩어지고 해는 기우네
개도 생각 있어 종적 감추었거늘
세상 사람들 어찌 시끄럽게 떠들고 있는지
狺狺山犬吠岩窟 雲返松關日己斜 狗迹有心亡物我 世人
何不避喧嘩 (매월당시집 제11권, 유호남록, 521쪽.)


전라북도 부안군 변산반도 채석강 절벽에는 억겁의 세월 동안
파도가 부딪혀 뚫린 바위 굴이 나 있다. 개 한 마리가 그 바위 구멍
으로 도망쳐 들어가 한 해가 지나도 나오지 않았단다. 이 말을 들
은 시습이 지은 시다. 자연이 뚫어놓은 바닷가 신비한 굴속에서 들
려오는 개 짖는 소리. 시습은 바위구멍으로 도망친 개를 혼란한 세
상을 피해 숨은 은자로 보았던 듯.

## 대껍질로 신발 만들어 준 이에게 사례하며 有惠班箸鞋者 謝之

실 꼬아 틀을 만들고, 대껍질로 만든 뒤축

가볍고 촘촘하니 얼마나 좋은지

한평생 갈아 신은 신 몇 켤레나 될까

물 따라 산 따라 괴로운 나그네길

험한 길에서 캐준 뿌리 달게 먹고

푸성귀 주더라도 고마워했지

하물며 꼬부라진 반달같은 모습으로

찬 겨울 높은 누각 속에서 만들어 낸 신이라니

무늬도 아롱아롱, 외씨같이 날렵하고

한 땀 한 땀 새로워 차마 신지 못하겠네

서해의 산에서 놀고 싶어도

물과 돌에 발이 채어 오르지 못했거늘

그대가 나에게 준 신발 한 켤레

황금쟁반보다 더욱 소중하여라

흰 버선 푸른 행전 널 위해 기우나니

높은 곳 발 딛고 오르기 좋으리라

이 마음 길이 잊지 않도록

사생의 계 만들어 소중한 우정 지켜나가리

挑絲織屨箸爲趾 輕涼緻密端可喜 一生曾着幾緉鞋 翫水遊山苦
行李 不惜根斷道路艱 雖餒苴賣謝無已 況復彎彎半蟾影 産出歲
寒錦棚裏 犀紋粲爛爪瓣精 个个新若不忍履 我欲西遊海上山 水
石齧足難躋攀 感君惠我一雙屨 何啻贈我雙金盤 白轙靑縢爲君
補 不妨躡足登巑岏 願因余懷永不忘 死生作契如芝蘭 (매월당시집
제11권, 유호남록, 518쪽.)


호남지방에서 뜻을 같이하는 지방관과 승려들을 만나 시국을 논
하던 시습. 서해의 산에 오르고 싶었으나 물과 돌에 발이 채여 주
춤하던 시습에게 대나무로 신발을 만들어 준 사람이 있었다.
　시습은 그와 함께 '사생의 계를 만들어 소중한 우정을 지키겠노
라'고 다짐한다. 그의 정신세계에서 '세한지맹'과 '사생의 계'는 매
우 큰 비중을 차지하고 있었다.

## 고경력과 더불어 천원 객사에서 與高經歷留川原館 台弼

함께 만난 지난 십 년 웃으며 마음 나누니

하루 저녁 정회가 천금 값이고

저 멀리 서울에서 몇 날이나 내달렸는지

강가 어느 곳에서 맑은 시 읊조리노라니

하늘가 향기로운 풀꽃, 문득 돌아가고픈 마음

저물녘 이별의 거문고 가락에 매화꽃 흩뿌리네

매인 곳 없어 얼마나 다행인고

비바람 부는 죽방에서 함께 잠들 수 있으니

相逢談笑十年心 一夕情懷直抵金 京洛幾時來遠域 江
湖何處費淸吟 天涯芳草生歸思 日暮梅花落別琴 何幸
此身無繫縛 竹房風雨共床衾 (매월당시집 제11권, 유호남록,
524~525쪽.)


천원 객사에서 대숲의 바람 소리를 함께 들었던 고경력은 전라
도의 실무를 맡았던 제주 사람 고태필이다.

고경력은 왜인의 회유와 여진족 정벌에 공을 세운 뒤 전라도 관
찰사로 부임했다. 시습이 그를 만났고, 그는 시습을 환대한다.

## 바닷가 저자거리에서 海市

땅은 기름지고 물고기 소금도 풍부하네

갯가 비린내 바람결에 실려 오는데

포구 옆 외로운 마을

밀물 썰물 흔적 따라 흘러가는 작은 배

어장에는 대나무 그늘 드리우고

주막집 마을에선 꽃향내 풍겨 온다

갈매기 날아가자 사람들도 흩어지고

저물녘에 들려오는 닭과 개 다투는 소리

地饒漁鹽利 腥風接海門 孤城臨浦口 小艇入潮痕 竹暗懸
魚市 花香賣酒村 人隨鴉影散 鷄犬鬧黃昏 (매월당시집 제11
권, 유호남록, 519쪽.)


서해와 남해로 둘러싸인 호남지방은 물산이 풍부하다. 고깃배
들어오는 작은 포구를 낀 마을에 어시장이 열렸다. 시습은 비린내
나는 바닷바람과 대나무숲 근처의 어시장, 주막집 마을, 그리고 파
장의 모습을 생생히 묘사한다.

## 지리산을 바라보며 望智異山

하늘에 닿을 듯 높이 솟은 멧부리

엷은 안개 서린 물빛 같은 산머리

성왕모 산신각 앞에 깃든 날쌘 새매

천왕봉 아래 맑은 샘물 솟구치니

서리 맞은 홍시 산골짝에 환하고

낮에 놀던 까마귀 들판에서 우짖네

여기는 백제와 신라의 싸움터

푸르른 연봉마다 노을 붉게 물들어가네

穹崇高岫遠摩天 水色山頭籠薄煙 聖女祠前巢俊鶻 靈神
峯下迸祥泉 經霜紅柿明山谷 弄日烏鴉噪野田 此是濟羅
爭戰境 夕陽峯巚翠相連 (매월당시집 제11권, 유호남록, 532쪽.)


시습은 하늘 높이 솟은 지리산을 올려다보며 골짜기마다 깃든
절과 샘물을 찾아갔다. 초겨울 지리산의 서리 맞은 홍시를 보고 기
뻐하는 시습. 그는 붉게 물든 석양빛과 까마귀 소리에 문득 백제와
신라의 전투 중에 스러져간 백성들을 떠올렸다.

## 송광사에서 松廣寺

송광사 일박을 꿈꿔왔던 이유는
최치원의 유적이 선방에 있기 때문
조사의 열두 개 등은 어디에 있는지
뜰 앞에 잣나무만 변함없이 외로워
一宿曹溪興味長 遠公遺跡在禪房 祖燈十二今何處 依舊
空庭松檜凉 (매월당시집 제11권, 유호남록, 530쪽.)


신라의 멸망을 예견한 최치원은 경주 남산, 송광사, 지리산, 해
운대 등을 두루 다니며 은거하였다. 40세 초반에 가야산 해인사로
들어간 최치원의 종적이 간 곳이 없자, 사람들은 그가 신선이 되어
하늘로 올라갔다고 믿었다. 마치 앞서 당나라 공빈과에 급제했던
김가기가 시안의 종남산에서 우화등선했다고 믿은 것처럼.

조계산 송광사에서 최치원의 발자취를 찾아다녔던 시습. 그는
명문장가 최치원이 산속에서 은거하다 종적을 감춘 행적에서 동질
감을 느꼈던 것 같다.

## 해인사海印寺

옛 가야산 속 가람이 울창한데
천 리 운산 찾아와 바라본 게 세 번째
새는 내려앉고 중은 선정에 드는데
나무에 매달려 고욤 따는 원숭이
글 새긴 암벽 기각 뉘 집인지
최치원 놀던 곳 풍백과 동손이 알려 주네
객지에서 잠 못 이뤄 갈길 헤아릴 때
넝쿨 사이 솔 감실 비춰 주는 저 달
古伽倻裏蔚伽藍 千里雲山對面參 鳥下庭莎僧入定 狙垂
園樹榑方甘 書巖棋閣何人住 卽孤雲所遊之處 風伯桐孫
偶共談 客裏計程仍不寐 夜深蘿月照松龕 (매월당시집 제11
권, 유호남록, 533쪽.)


　시습은 최치원의 행적을 좇아 해인사에 여러 번 갔다. 암벽과 누
각에서 최치원의 발자취를 찾은 그는 깊은 밤 잠 못 이루고 소나무
위의 달을 바라보며 시를 지었다.

## 준상인께 드리다 2 贈峻上人 其二

지팡이 하나 짚고 떠돌다 보니
오월 송화가 푸른 산 가득하다
진종일 바리때 들고 다니니
천 집 밥이 내 밥이다
여러 해 입은 누더기 누구에게 빌렸던고
마음은 흐르는 물처럼 저 혼자 맑고
몸은 구름 한 조각 시비 없어라
강산을 두루 밟아 두 눈 푸르러지니
우담바라 피어날 때 나 돌아가리라
翩翩一錫響空飛 五月松花滿翠微 盡日鉢擎千戶飯 多年
衲乞幾人衣 心同流水自淸淨 身與片雲無是非 踏遍江山
雙眼碧 優曇花發及時歸 (매월당시집 제3권, 152쪽.)

시습은 송광사의 설준 스님에게 가르침을 받은 뒤 「준상인께 드리다」 이십 수를 썼다. 뛰어난 용모와 초탈한 정신으로 선비와 부녀자들에게 감화를 주었다는 설준. 그는 신미, 학열, 학조와 함께 『월인석보』 등을 언해했다.

◇ 28세-30세 · 1462-1464년

## 경주 금오산으로 들어가다

시습은 28세 늦가을까지 호남을 여행했다. 광주와 화순, 영광, 나주, 그리고 조계산 자락의 송광사를 찾았다. 그리고 다시 북으로 발길을 돌려 남원에 들렀다. 광한루에서 피리 소리 들으며 선정에도 빠졌고, 만복사에도 들렀다. 운봉을 넘어 지리산을 보았다. 이때 지은 시들은 1463년 가을에 「유호남록遊湖南錄」으로 엮고 후지를 적었다.

운봉을 지나 함양으로 간 시습은 거창을 거쳐 해인사를 향했고, 경주로 들어가 정착할 곳을 찾고자 했다. 금오산 용장사 골짜기 맑은 물이 그의 지친 심신을 품어주었다.

먼 조상들의 고향 경주에서 오래 살고 싶었던 시습은 용장사 계곡에 매화, 잣나무 등을 심었다.

## 경주를 생각하며 懷東都

옛 산에 원숭이 학은 여전히 의연한데
꿈꾸다 놀란 지 여러 해
햇살 가득 그림 같은 산봉우리
물안개 걷힌 뒤 높이 솟구치는 파도
세상에 얽매여서가 아니라
병든 몸 갈 수 없는 고향
연말에는 돌아가려나
월성은 푸른 구름 가을 나무에 둘러쌓였네
故山猿鶴思依然 淸夢頻驚已數年 日射鼇頭峯展畫 煙開
鯨背浪滔天 自緣身病不能去 無復世情相累牽 歲暮欲歸
歸未得 碧雲秋樹月城邊 (매월당시집 제2권, 117쪽.)


경주 땅에 발을 들인 시습, 남들 같으면 벼슬자리에서 승승장구
할 나이, 스물여덟. 세속의 욕망을 버린 시습은 경주 남산(금오산)
에 머물고자 했다. 지금도 남산은 넓고 포근하다. 그의 몸과 마음
이 편안해졌던 것처럼.

## 북천 김주원공의 터에서 北川金周元公址

원성왕과 김주원이 서로 왕위를 양보할 때
북천에는 장맛비 내려 한없이 물이 불었지
어찌 백이숙제 오태백의 미담만 있겠는가
아주 오래전부터 강릉에는 옛 사당이 있다오
元聖周元相讓時 北川霖雨漲無涯 夷齊太伯那專美 千古
江陵有舊祠 (매월당시집 제12권, 유금오록, 548~549쪽.)


계림에서 태어난 김알지의 후손 김주원. 그는 원성왕에게 왕위
를 양보한 뒤 강릉으로 가서 강릉김씨의 시조가 되었다. 시습은 백
이와 숙제, 오태백과 주문왕의 미담처럼 김주원과 원성왕의 미덕
을 자랑스럽게 여겼다. 세조의 왕위 찬탈과 대비시켜서.

시습이 그 강릉김씨다. 그가 경주 금오산에서 오래 머문 이유는
자신의 뿌리를 찾고, 변치 않는 가치를 탐구하기 위해서였을 게다.

## 탑과 절이 무너진 성에 석상으로 다리를 놓은 사람

塔寺壞圮 城中以石像爲橋者頗有之

신라 적부터 부처 노릇하느라 지쳐서
이젠 길가에 눕고 싶었나보다
다시 다리 되어 물에서 구해주니
사람들 그의 등을 타고 종종거리는구나
幾年故國作津梁 疲困還應臥路傍 更欲化橋拯墊溺 人人
騎背走踉蹡 (매월당시집 제12권, 유금오록, 555~556쪽.)

시습이 경주 시내를 거닐 무렵 신라의 옛 도읍지는 폐허가 되어
있었다. 정성껏 지어 올렸던 탑과 절들은 무너져 내리고 돌멩이들
만 뒹구는 거리에서 그는 보았다. 신라 백성을 감화시켰던 석상이
돌다리 되어있는 것을.

시습은 오랜 세월 중생들을 구제하던 석상이 피곤해져서 누웠노
라고 우스갯소리를 한다. '진량'이라는 낱말은 나루터와 중생제도
를 뜻한다.

## 월성에서 옛날을 되돌아보며 月城懷古

궁궐의 나무들 무성하고 들에 안개 피어나는데

의연히 떠올려보는 천 년의 유적

옛사람 옛일 다 사라져도 산은 그대로

꽃 지고 새 우는 봄이 너무 가련해

어긋난 남쪽 궁터엔 가을 잎 쓸쓸하고

투항한 북쪽 바위엔 잡초만 무성하여라

아득히 지난 일은 장주의 꿈만 같아

어부와 목동에게 물어봐도 모른다 하네

梓漆扶疏生野煙 千年文物想依然 人非事去山猶在 花落
鳥啼春正憐 狼狽南宮秋索索 投降北岳草芊芊 悠悠往事
如莊夢 問着漁樵殊惘然 (매월당시집 제12권, 유금오록, 538쪽.)


신라의 도읍지였던 월성, 시습은 반월성에서 자라는 가래나무와
옻나무를 바라본다. 화려한 궁궐 속에서 살던 사람들은 가고 없는
데, 나무들은 여태 살아남아 말없이 서 있는 것을. 그 나무들은 포
석정에서 경애왕이 사로잡히던 일과, 금강령에서 경순왕이 항복하
던 일도 묵묵히 지켜보았을 터.

## 모기내 蚊川

모기내 찰랑찰랑 옛 서울 휘돌아

모래 일며 서쪽으로 소리 없이 가늘게 흘러가는 건

경순왕이 끝내 왕건에게 귀화한 뒤에

갑옷 풀고 감히 맞서 싸우지 못한 것과 같다네

蚊水沄沄遶古京 淘沙西下細無聲 還如敬順歸王化 卸甲

投降不敢爭 恰似敬順王歸化 高麗之心故云 (매월당시집 제

12권, 유금오록, 544쪽.)


　경주의 남쪽에 있다고 남천, 모래가 있어 사천이라고도 불렸던

모기내. 시습은 모기내 강에서 가는 소리로 앵앵거리다 단숨에 잡

혀버린 모기를 떠올렸다. 왕건에게 항복한 경순왕처럼.

# 흥륜사 터에서興輪寺址 —

## 모두 민가가 되어 구유와 솥만 남아있다盡化閭閻 惟古槽鑊獨存

보리는 익어 옛터를 점점 메워가는데
이차돈이 쌓은 공덕은 어디 있는지
지금 닭과 개가 스님 보고 짖어대는 건
그 당시 불경 읊던 소리같아라
麥秀漸漸擁故墟 舍人功業竟何居 至今鷄犬喧齋粥 便是
當時誦佛書

돌구유 부서지고 가마솥 버려진
전각만 남은 터에 생겨난 마을
(옛날에는 속인의 시주, 지금은 스님의 시주)
돌고 돌아 덕 갚은 것이니 마음 두지 마시게나
石槽遇困鑊辭炎 殿閣餘墟化里閭 俗古施僧僧施俗 輪回
報德亦無嫌 (매월당시집 제12권, 유금오록, 537쪽.)

시습은 경주의 여러 곳을 돌아보며 그 땅에 묻힌 시간의 흔적들을 탐색했다. 그가 흥륜사에 갔을 때 절터에는 마을이 들어섰고, 빈터에는 돌구유와 가마솥들이 흩어져있었다.

이차돈의 순교로 세워진 흥륜사 옛터는 보리밭이 되어있었다. 사찰 경내였던 마을의 개와 닭 짖는 소리에 오래전 흥륜사 스님들의 경 읽는 소리를 떠올린 시습.

그러나 그뿐이다. 옛 절은 속인들의 시주로 세워졌을 터, 이제 그 터는 민가가 되었으니 다시 돌려준 것이다. 그렇게 돌고 도는 것이다. '이 세상에서 영원히 손에 쥘 수 있는 것은 없으니 가진 것을 서로에게 베풀며 살라'고.

# 무쟁비 無諍碑

그대 보았는지 신라의 이상한 스님 원욱이
머리 깎고 저잣거리에서 도를 행하는 것을
당나라에서 공부하고 돌아와
승속 구분 없이 이집 저집 돌아다니니
거리 아이, 포구 여인네들까지 쉽게 보아서
뉘 집 아들이냐며 손가락질했지
하지만 조용히 행한 일은 범상치 않아
소 타고 다니며 뜻 풀어 쉽게 가르치며
주석한 불경 책 상자에 가득하니
제자들 존경하여 서로 그를 보려 했지
국사에 오를 때 그 이름이 바로 무쟁
옥돌에 새긴 비석 자못 아름다워라
글자마다 금가루 반짝이며 빛나고
탱화와 좋은 말씀 어이 아니 기쁘랴
우리 역시 선한 도반이어서
꿈같은 말씀 대략 알고 있지만
옛글 좋아 뒷짐 지고 읽어볼 뿐
달마가 서쪽에서 온 이유는 아직 모른다네

君不見新羅異僧元旭氏 剃髮行道新羅市 入唐學法返桑梓
混同緇白行閭里 街童巷婦得容易 指云誰家誰氏子 然而
密行大無常 騎牛演法解宗旨 諸經疏抄盈巾箱 後人見之
爭仰企 追封國師名無諍 勤彼貞珉頗稱美 碣上金屑光燐
燐 法畫好辭亦可喜 我曹亦是善幻徒 其於幻語商略矣 但
我好古負手讀 吁嗟不見西來士 (매월당시집 제12권, 유금오록,
544쪽.)


무쟁비는 고려 숙종이 '화쟁'이라는 시호를 내리고 분황사에 세
우게 했던 원효대사의 비석이다. '무쟁'이라 함은 마음속에 일어나
는 온갖 번뇌와 투쟁, 갈등, 욕망 등이 모두 사라진 상태를 뜻한다.
'하나만 고집하지 말고 두루 화합하라'는 원효의 중심사상이기도
하다.

시습은 경주 남산에 머물면서 분황사에 있던 원효의 비석을 보
았다. 비에 새겨진 내용에 감명 받고 성속의 경계를 넘나들었던 원
효의 삶을 노래한다. 자신도 그러한 삶을 살고자 하나 불교의 진리
는 모르겠다고 실토한다.

## 김진문 진사에게 보내다 贈金進士 振文

하늘이 만물을 창조할 때
기 있으면 리도 있고 리 있으면 도와 같은데
어찌 유불을 논하겠는가
내 비록 검은 장삼 입었지만 속마음은 다른 걸
어찌 어리석은 무리와 시비를 다투랴
김공은 몸가짐이 바르고 공손한 사람
고을의 훌륭한 선비라고들 말한다
도 지키려는 모습을 보니
나와 뜻이 같아 한 번 보고 친해졌다
능숙한 문장은 옛 성인 같고
드높은 뜻은 송나라 때 범중엄 같다
갈고 닦은 도의가 넘쳐흐르고
논하는 말과 답변이 아름다워라
두 손 맞잡고 경주에 가서
저 모기내 강물에서 헤엄치며 놀아보세
향교에서 바람 쐬고
옛 성의 가래나무 사이를 두루 돌아다니면
이미 서로 도가 통한다고 말하였으니

이것저것 따지며 논할 일 있으랴?

이제부터 날이면 날마다

숲과 저자로 함께 돌아다녀 보세나

皇天稟萬物 有氣便有理 有理便道同 何論儒釋子 而我雖
緇褐 志則異於是 豈與昧誕徒 頡頑亂朱紫 金公謹愿人 一
鄕稱善士 目擊便道存 傾蓋稱吾旨 能文似前修 立志希文
比 硏磨道義豐 鼓論談辨美 携手遊故都 浴彼蚊之水 風乎
夫子壇 歷彼城楸梓 旣云道相同 何論此與彼 從今日復日
相期訪林市 (매월당시집 제12권, 유금오록, 551~552쪽.)


시습이 용장사에 기거할 때 김진문이라는 진사가 찾아오곤 했
다. 그가 시습에게 중이 된 연유를 묻자, 시에서처럼 답해준다. 유
불을 공부하는 뜻은 다르지 않다고. 그렇게 뜻이 통하자 둘은 개천
으로 숲으로 함께 다니며 놀았다.

시습과 마음이 통하고 의지할 만한 벗이 있었던 경주. 진사 김진
문은 시습이 글 상자 가득 써 놓았던 시들을 묶어 습유록을 만들어
주었다. 이는 매월당 시집의 뿌리가 된다.

## 용장사 경실에서 느끼는 것이 있어 居茸長寺經室有懷

용장 계곡은 깊어서 사람의 발자취 보이지 않아
비 오면 대나무 옮겨 심고 바람 비낀 들 매화 보살피면서
작은 창가에서 사슴과 잠들고 마른 의자에 무심히 앉아있으니
오두막에서는 모른다네 정원의 꽃 지고 또 피는 것을
茸長山洞窈 不見有人來 細雨移溪竹 斜風護野梅 小窓眠
共鹿 枯椅坐同灰 不覺茅簷畔庭花落又開 (매월당시집 제12
권, 유금오록, 549~550쪽.)


시습이 거처로 삼은 경주 남산 용장 계곡 흰 바위틈에는 맑은 물
이 흘러내리고 작은 물고기들이 꼬리를 흔들며 노난다. 마치 천 년
전에도 그러했던 것처럼. 석축 조각 돌이 구르는 산길을 따라 용장
사 터에 오르면 산꼭대기에 삼층석탑과 미륵불들이 천년의 미소
지으며 그윽이 앉아있다.

흰 바위로 둘러싸인 석실 어디쯤 시습이 숨겨 놓은 『금오신화』
가 있었을까? 한국 최초의 한문 소설을 잉태한 용장골은 명당으로
알려져 몰래 새로 묻은 붉은 봉분들이 계곡 따라 즐비하다.

**매화** 探梅

눈길로 그대 찾아 홀로 지팡이 앞세우고 가니
여럿 가운데 또렷한 자태 아득하여라
탐냄이 오히려 무심만 못하여
별 지고 서쪽 하늘에 달 걸리도록 굳세게 가 닿았네
雪路尋君獨杖藜 箇中眞趣悟還迷 有心却被無心使 直到
參橫月在西 (매월당시집 제12권, 유금오록)


시습은 경주에 거처하면서 매화를 찾아다녔다. 매화는 은둔, 청렴한 선비의 상징이다. 시습은 눈 속에서도 피어나는 매화를 소중히 여겼다. 경주에 와서는 매화에 더욱 애착을 가지게 되었다. 매화를 발견하는 즐거움을 노래한 시들을 14수나 연이어 지었다.

## 늙은 매화 老梅

울퉁불퉁 얽히고 굽어 이끼 덮인 고목
구부정히 물가로 기울어졌네
몇 송이 핀 꽃, 향기 그윽하고
비스듬한 가지, 그림자 길게 드리워
안개 속 깨끗한 모습 그려보고 싶네
살짝 눈 내린 자태 바라 보노라니
오래오래 두고 보며 시 읊조릴 생각에
어깨 절로 들썩거리네
槎牙屈曲惹莓苔　偃臥山巓倒水涯　數个冷花香暗淡　一條
橫幹影培堆　可描淸瘦含煙態　耐見糢糊帶雪顋　只合詩翁
吟處看　一肩高聳一肩魁 (매월당시집 제12권, 유금오록, 567쪽.)


매월당이 찾아다니던 매화와 대나무 그리고 소나무와 달은 영속
성을 지녔다. 길어야 백 년을 사는 인간이 천년의 나무와 달의 생
명력을 어찌 따라갈 수 있을까?
매화와 달처럼 살고 싶었던 매월당 김시습.

## 백률계에 보내다 贈栢栗契

옛사람들 계받으면 향도라 했고
그 옛날 왕희지도 난정계 즐겼다지
생사는 하늘에 달린 것인데
어찌 하필 부처를 섬기고 있나
꽃 앞에 술 있으면 서로 부르고
근심 있어 힘들 때 함께 모아 도와주는
이것이 옛 도읍의 인후한 일이거늘
이보다 더 좋은 일 어디에 있으랴
故人修禊卽香徒 千古蘭亭以此娛 生死已期要實約 因緣
何必學浮屠 花前有酒相呼飮 患裏無錢勸聚扶 此是舊都
仁厚事 其餘閑事子知乎 (매월당시집 제12권, 유금오록, 554쪽.)


백률계는 경주 북쪽 소금강산의 백률사에서 맺은 향도들의 모임
이다. 향도들은 삼월 삼짇날 물가에 모여 몸을 씻고 소원을 빌며
수계를 받았다고 한다. 신라 때는 불교도들의 모임이었으나 조선
시대에 이른 뒤 마을 사람들이 서로 상부상조하는 향약의 성격을
띠게 된다.

## 첨성대에게 묻다問瞻星臺

높은 대 높이 솟아 하늘까지 닿아
천문을 관찰하면 한 눈에 보였겠지
하늘을 우러러 살펴 덕을 닦는 기구인데
어찌하여 옛 성 곁에 우뚝 서 있나
高臺卓犖接穹蒼 歷歷乾文一望詳 此是仰觀修德器 如何
扈扈故城傍

## 첨성대가 답하다代瞻星臺

주나라 문왕의 영대는 난왕이 뒤엎었고
당나라 측천도 명당을 세웠다는데
나라 망한 건 하늘 변화 못 읽은 군주 탓이지
어찌 내 탓이리오
周有靈臺赧覆亡 則天曾自立明堂 時君不省乾文變 非是
由吾致禍殃(매월당시집 제12권, 유금오록, 540쪽.)


시습은 첨성대에게 '신라를 지키지 못하고 왜 홀로 서있느냐'고
묻고, 왕이 천문변화를 살피지 못해서라고 자문자답한다.

# 울산 왜관 島夷居

바닷가에서 생계 꾸리며 띠 풀로 엮은 초가집이 수십 채
조급한 성질 작은 고깃배 풍속이 다르고 말씨도 거만하다
고향 하늘은 먼 곳에 있고 몸은 푸른 물가에 두고 살면서
왕의 교화 속에 드니 주상께서 이를 어여삐 여기셨노라.
濱海爲生利 茅茨數十家 性躁漁艇小 俗異語言奢 鄕遠靑
天際 身棲碧水涯 來投王化裏 主上正矜嘉 (매월당시집 제12
권, 유금오록, 558쪽.)

　　시습은 가끔 산에서 내려와 경주 감포에서 울산 염포의 왜관까
지 다녀온 듯하다. 그의 시를 읽으며 세종 때의 울산 왜관을 상상
해본다.

　　세종은 1426년 부산포, 제포, 삼포에 왜관을 설치하였고, 경주
초입인 울산 염포에도 일본인을 거주시켰다. 왜관에서는 대마도
도주와 조선 관리의 입회 아래 정기적인 물물교환이 이루어졌다.
일본제품은 구리, 주석, 밀랍 양초, 술, 간장, 석탄 등이고, 국산품
은 쌀, 콩, 금, 은, 면포, 소가죽, 인삼 등이었다. 몰래 하는 밀무역
도 성행했다.

## 일동승 준 장로와 이야기하며 與日東僧俊長老話

멀리 고향 떠나니 마음 쓸쓸하여
옛 부처 산꽃 속에서 고적함을 달래본다
쇠 다관에 차 끓여 손님을 대접하고
질화로에 불 더해 향을 사르려는데
봄날 심해에 뜬 바다 달은 쑥대 문을 비추고
비 멎자 산 사슴이 약초 싹을 밟네
선의 경지, 나그네 마음 모두 아담하니
오순도순 밤새도록 얘기 나눠도 좋으리
遠離鄕曲意蕭條 古佛山花遣寂寥 鐵罐煮茶供客飮 瓦爐
添火辦香燒 春深海月侵蓬戶 雨歇山麕踐藥苗 禪境旅情
俱雅淡 不妨軟語徹淸宵 (매월당시집 제12권, 유금오록, 559쪽.)

일본 승려 일동승 준 장로는 울산 왜관에서 시습이 머무는 경주 금오산 용장사까지 찾아 올라왔다.
세조실록에는 1463년 교토 외교 선승인 준초와 범고가 일본국 왕의 사절단으로 왔다는 기록이 있다. 준 장로 일행은 태풍을 만나 일본으로 가지 못하고 조선의 명사들을 찾아다닌 것으로 보인다.

## 해질 무렵 薄暮

찬바람 무서워 둥지 깃든 까치 솔가지에서 우짖고

날 저무니 하늘은 점점 어두워져 가네

눈발 날리는 밝은 창가에 오래도록 고요히 앉아

성 언저리 솟은 산속 달을 보고 또 보네

화로에 식은 재 속 붉은 불꽃 일더니

돌솥에 끓던 차 한 잔 남겨 놓았네

차 마신 뒤 가장 높은 선방에 누우면

솔바람에 화답하여 흔들리는 맑은 풍경소리

怕風棲鵲鬧松枝 天氣層陰日暮時 雪打明窓淸坐久 更看
山月上城陲 爐灰如雪火猩紅 石鼎烹殘茗一鍾 喫了上方
高臥處 數聲淸磬和風松 (매월당시집 제2권, 138쪽.)


　높은 선방에 앉아 차 마시며 풍경소리 들으면 마치 신선 세계에
온 것 같다던 시습. 시습은 방바닥을 파낸 뒤 화로를 놓고 차를 끓
였다고 한다. 일부 차 연구가들은 시습의 차 끓이는 방식이 일본으
로 건너가 '초암차'로 전승되었다고 한다.

　그의 '차 달이기'는 은거 생활의 주요 일상이었다. 차 달이며 쓴
시가 많은 것을 보면.

## 외딴 시냇가 반석에 누워 憩絶澗中盤石

반석 위를 흐르는 시냇물은 소리 없이 흘러만 가고
물굽이 갈라진 마른 곳 평평한 바위가 숫돌처럼 드러나
여남은 사람이 둘러앉아 차 달일 솥 걸 수 있으니
지팡이 흔쾌히 던져버리고 앉았다 누웠다 맘껏 즐기며
물베고 누워 옛사람 사모하며 더러운 것 씻어 낸다
해 넘어가도록 노느라 돌아가는 것도 까맣게 잊었네
일어나라 일어나 둔한 몸아 어이 물 위에 앉아만 있느냐

盤石鋪澗底 磵水流不鳴 分流不浸處 石面如砥平 可以坐
十人 亦可安茶鐺 我喜投筇枝 或坐又復臥 枕流慕古人 可
洗塵土涴 耽遊忘却還 不覺日西過 起起憒憧骸 咄咄水上
座 (매월당시집 제4권, 227쪽.)


시습이 맑은 계곡물과 넓은 바위 있는 곳에 터 잡았던 이유는 샘물에서 물을 길어 차를 달이기 위해서였다.

여남은 사람들이 넓은 바위에 둘러앉아 노닐 수 있는 곳. 맑은 물소리에 더러운 귀를 씻고, 해가 다 넘어간 것도 모른 채 물 위를 떠날 줄 모르는 고요한 그곳.

## 차를 끓이며 煮茶

차 달이는 연기 솔바람 살짝 스치자
냇물 가로 하늘하늘 비스듬히 엉겨가네
동창에 떠오른 달 잠 못 이루고
찬 샘물 길어 병에 담아 들고 돌아오네
본래 속세를 싫어함이 괴이한데
과시에서 봉 자 쓴 뒤 이미 봄은 가버리고
차 끓이는 누런 잎을 그대는 아는지
숨어 살며 시 쓰는 일 누설될까 두려워라

松風輕拂煮茶煙 裊裊斜橫落澗邊 月上東窓猶未睡 挈瓶
歸去汲寒泉 自怪生來厭俗塵 入門題鳳已經春 煮茶黃葉
君知否 却恐題詩洩隱淪 (매월당시집 제5권, 256쪽.)


　문밖을 나서지 않고 밤새도록 책을 읽다 졸다 깨다 하던 시습은
창문 밖이 훤해지자 찬 샘물을 긷는다. 그의 인생에서 봄은 사라졌
어도 향 피우고 시 쓰는 일은 혼자만의 기쁨이었다.

## 대나무 홈통竹筧

대를 쪼개 찬 샘물 끌어왔더니

밤새도록 낭랑한 물소리 끊이지 않아

흐르고 흘러서 깊은 계곡물 마를까

물줄기 나누니 작은 물통 가득하네

여린 물소리 꿈결인 양 속삭이고

달이는 차 속에 맑은 운치 들어있네

언 우물가 찬 두레박줄 늘어뜨려

백 척 깊은 물 긷지 않아도 좋아라

刳竹引寒泉 琅琅終夜鳴 轉來深澗涸 分出小槽平 細聲和 夢咽 清韻入茶烹 不費垂寒綆 銀床百尺牽 (매월당시집 제4 권, 226쪽.)


시습은 용장사에서 지치고 성마른 마음이 안정되었던 듯하다. 작은 동산을 일궈 차나무를 심고, 다신茶神으로 불렸던 당나라 육 우陸羽의 『다경茶經』도 열심히 읽었다. 대나무 홈통으로 물통 가득 맑은 물을 채우며, 찻물 우릴 생각을 하면서 말이다.

## 작설雀舌

남국의 봄바람 부드럽게 불려 하는데
차나무 잎새 아래 뾰족한 새 부리 품었어라
연한 싹 가려내는 일 극히 조심스럽고
맛과 종류는 육우의 다경에 실려 있다오
붉은 싹은 입과 줄기 사이 나온 것이고
봉병과 용단은 그 모양을 본뜬 것이라
푸른 옥병 속에 넣고 불붙여 달이면
게눈 같은 거품 생기며 솔바람 부는 소리
고요한 밤 산집에 손님들 빙 둘러앉아
운유 차 한 잔 마시면 두 눈 환해지노라.
아는 집에서 조금 마셔본 그 촌사람이
어찌 알랴? 작설차가 그처럼 맑은 것을
南國春風軟欲起 茶林葉底含尖觜 揀出嫩芽極通靈 味品
曾收鴻漸經 紫筍抽出旗槍間 鳳餠龍團徒範形 碧玉甌中
活火烹 蟹眼初生松風鳴 山堂夜靜客圍坐 一啜雲腴雙
眼明 黨家淺斟彼粗人 那識雪茶如許淸 (매월당시집 제5권,
245~256쪽.)

시습은 차의 종류와 맛은 육우의 『다경』을 보면 알 수 있다고 했다. 어릴 때 절에서 자란 육우는 경극단을 떠돌며 관객들에게 차를 끓여주다 당나라의 상류사회로 진입한 뒤 '차의 성인'으로 불린 사람이다.

시습은 증기로 찐 차를 둥근 틀에 넣어 건조 시킨 중국의 봉병과 용단을 거론하며 귀한 차에 대한 자부심을 은근히 드러낸다. 그는 특히 작설차를 좋아했다.

## 눈을 보다 看雪

여섯 모난 꽃 공중에서 나리니

창 열고 누워 낮게 맴도는 눈 바라 보네

하늘이 향기 없는 꽃 흩날리니

세상에 심지 않은 매화가 훨훨 떨어져 나려오네

신발 닳은 동곽은 가난한 길 돌아가고

자유는 흥겹게 배 타고 돌아왔는데

할 일 없이 화롯가에 둘러앉은 노인

도공의 차 한 잔 달여 마시고 있노라

六出花從空裏來 開窓閑臥看低回 解傳天上無香藥 能點

人間不種梅 東郭抱貧循路去 子猷乘興漾舟回 老夫無事

圍爐畔 拈却陶公茗一杯 (매월당시집 제12권, 유금오록, 556쪽.)


샘물을 길어와 달인 젊은 날의 차 한 잔에는 과거시험에서 낙방
했던 일, 숨어 살며 시를 읊던 회한들이 녹아있었다.

김시습은 창문 밖에 흩날리는 눈을 바라보며 누워 인생을 관조
한다. 함께 둘러앉아 마시는 차의 향기를 음미하면서.

IV.

구도

이탈리아 로마 바티칸시 성 베드로 성당에 있는 미켈란젤로의 피에타상. 십자가에서 내려진 아들과 어머니의 얼굴에 드리운 깊은 슬픔은 이 세상의 어떤 언어로도 표현할 수 없을 만큼 처연하다. 뭍 생명의 통과의례인 죽음을 조각 작품으로 승화시킨 거장 미켈란젤로.

그는 25세에 바티칸의 피에타를 새긴 이래, 80세에 반디니 피에타, 팔레스티나 피에타를, 89세에 론다니니의 피에타를 미완성으로 남겼다. 주문받아 새긴 것이 아니라 오직 자신의 의지로 만든 피에타. 그것은 최고의 명성을 갈구하던 거장의 불안한 내면이며, 죽기 사흘 전까지 매달린 작가의 분신이었다.

자식 잃은 어머니가 억울한 죽음을 인정하고 순종하기까지 얼마나 긴 세월과 체념이 필요할까. 아무도 대신할 수 없는 어머니의 고통에 투영된 조각가의 내면. 실패와 상실의 두려움을 극복하기 위해

열중한 작업은 자신을 찾아 떠나는 구도의 길이었다.

　미켈란젤로와 비슷한 시기에 조선 땅에 태어나 떠돌며 살다간 시
습의 피에타는 시와 이야기로 승화되었다. 진주조개가 살을 찢는 아
픔 속에서 찬란한 진주를 품어낸 것처럼.

## ◇ 31세 · 1465년
### 불경을 언해한 뒤 다시 경주로 가다

호남을 유람하며 지은 시를 「유호남록遊湖南錄」으로 엮고 난 시습은 서울로 올라갔다. 명문장가 스님 시습은 불심깊은 효령대군의 추천으로 세조의 속죄를 위해 벌인 불경 언해사업에 참여하게 되었다.

하지만 시습은 1463년 가을, 단 열흘 동안 내불당에서 범어와 한자를 한글로 바꾸는 불경 언해 작업에 참여했을 뿐이었다. 불상을 만드느라 만금을 허비하지만, 그 불상이 과연 고통 받는 백성을 위로할 수 있겠는가, 시습은 열흘 만에 그만두고 궁궐 문을 나섰다.

### 순금주상純金鑄像

여수의 교룡은 요기를 내뿜고
남만의 독 안개도 두려운데
뜨거운 땡볕 아래 만 근의 모래를 일어
어쩌다 얻은 몇 알갱이 귀하기도 하니
두렵고 놀라운 일을 얼마나 겪었을까
일백 번 제련하느라 수만금을 쏟아붓네

임금께 헌상하여 보물이 되었지만

몇 년을 백성의 위장 파헤쳤는가

서너 덩이 쇠를 녹여 반 척 불상 만드나

그 모습 진짜보다 낫다니 무슨 소린지

우리 임금 그것을 연화대에 올리고

아침저녁 종을 치며 주문을 왼다는데

태평한 나라 편안한 백성 비바람은 잔잔해

온 세상 신선 세계 되는 그날까지

이내 작은 힘을 보태면

고달픈 백성들 되살아날까?

觸熱淘沙一萬鈞 往往數粒逢可貴 可畏可愕幾番遭 入冶

百練輸萬費 入貢帝庭便成珍 幾年鑿破民腸胃 數錠鑄出

半尺許 面目過眞如幻語 我王置之百寶臺 朝朝暮暮撞鐘

鉏 壽國富民風雨序 四海安妥爲峛洲 一軀至小所係巨 頗

可勞民蘇息不 (매월당속집 제2권, 901쪽.)

## 신역연경 新譯蓮經

묘법연화경을 구중궁궐에서 번역하니
극락조 한 음절 뭇 새들을 뛰어 넘네
한자로 바뀐 산스크리트어는 어색하기만 하고
쿠마라지바 한역에도 뜻 찾기 어렵더니
금옥 같은 진리의 말씀 은하수처럼 빛나고
참된 진리 분명하여 오묘한 소리에 스며들어라
그 옛날 한나라 당나라 때 번역한 흔적을 보니
한 등란 당 현장이 우리 임금 마음 같았겠지
蓮經譯自九重深 一句頻迦出衆禽 梵笑到秦言尙澁 華言
自什趣難尋 琅琅諦語昭雲漢 歷歷眞詮演妙音 觀彼漢唐
飜解迹 奘蘭能似我王心 (매월당속집 제2권, 904쪽.)


이 짧은 시에는 『묘법연화경』 언해 과정이 펼쳐진다. 중국 한나라에 불경을 처음 전한 '등란' 스님과 인도 불경을 실은 백마들, 뤄양 백마사의 종소리, 당나라 현장법사와 손오공, 저팔계, 사오정이 투루판의 화염산에서 요괴를 무찌르는 장면들이 영화의 한 장면처럼 펼쳐진다.

## 산에 돌아가기를 원하여 효령대군께 드리다 乞還山 呈孝寧大君

구중궁궐에서 처음으로 은덕을 받자오니

가시덤불이 상서로운 기운을 받들기 어렵사옵니다

넓고 넓은 성상의 말씀 지극히 두터우나

가슴에 든 신의 병은 실로 낫기 어려운 괴질입니다

새벽녘 나그네 꿈은 풀보다 고운 꽃이고

돌아가고픈 이 마음은 어지러운 솜만 같습니다

옛 산을 떠올리면 멀고 먼 천릿길

푸른 봉우리 위 밝은 달은 몇 번 더 둥글어져야 할까요?

蒙恩初下九重天 荊棘難堪捧瑞煙 渙汗聖言雖至渥 膏肓

臣疾實難痊 五更客夢芳於草 一點歸心亂似綿 遙想故山

千里遠 碧峯明月幾重圓 (매월당시집 제12권, 유금오록, 559쪽.)


1465년 경주에 머물던 시습은 효령대군이 보내준 말을 타고 원 각사 낙성식에 참여하였다. 세조가 탑골공원 주변 민가를 허물고 원각사를 지어 천 명의 승려를 공양하고 불법을 펴는 '운수천인도 량'을 베풀던 때였다.

승려들의 추천으로 초대받았으나 얽매이기 싫었던 그. 세조는 그의 '원각사 찬시'를 칭찬하며 원각사에 머물러 있기 바랐다. 시습은 '어려서 부모 잃고 시묘 살이 하는 동안 나이 서른에 고질병을 얻어 따뜻한 남쪽 지방에서 요양을 하고 있으니 은혜를 베풀어 산속에 버려 달라'는 진정시를 올린다.

그리고 나서도 시습은 바로 금오산으로 돌아가지 않고 서울에 잠시 더 머물렀다. 서거정의 주변을 맴돌며 그를 찾아 서로 시를 나누고 선물을 주고받았다. 또한 시습은 서울에서 여러 사대부의 연석에 참여하고 유행하던 예술세계를 접하기도 했다. 하지만 시습은 서울에서 안주할 수 없었다.

## 고향산을 생각하며 憶故山

금오산 아래 나의 오두막

죽순과 고사리 살찌고 푸성귀 넉넉한 곳

장석이 고향 말로 신음했던 그 마음보다 절실하고

장한이 가을날 고향 그리던 마음보다 더하다

고향의 매실과 살구는 익어 떨어졌을 텐데

나그네 주머니에는 동전 한 닢 없구나

구름 천리 동쪽을 바라보매

물과 구름 깊은 그곳, 돌아가고 싶어라

金鰲峯下是吾廬 筍蕨香肥饒野蔬 莊舃越吟心更切 季鷹

秋思意何如 故山梅杏已黃落 客館橐囊無貯儲 東望水雲

千里外 水雲深處可歸歟 (매월당집, 제12권)

## 옛집으로 돌아옴에 화답하여 和還舊居

꿈에 산방에 이르고, 어젯밤에는 금오산 꿈을 꾸었네
산에서 울던 두견새 바삐 돌아가는 것을
상에 펼쳐진 산방 책들 기뻐도, 마음속엔 슬픔이 가득
산천은 어제와 같아도, 옛 친구는 반도 남지 않았네
깨어나 곰곰 헤아려보니, 소식 끊기고 잊힌 이 많아 두렵네
하나하나 책 가장자리에 이름 써 보니,
어슴푸레하나 변함없는 이름들
낮에 한 일 밤에 꾸는 꿈이 되니, 일마다 미루어 짐작하면서
평생 성현의 말씀 새기고, 꿈을 이루면 스러지지 않겠지!
정성 들인 누런 책 스승 삼아, 그 문하에 기대어 휘둘러보리라
夢到山房 昨夜夢金鼇 峯上啼催歸 山房冊在床 喜極情銜悲
山川宛如昨 故舊人半非 覺來審繹思 終恐多忘遺 一一記冊
邊 情恍多依依 晝爲夜所夢 各以其類推 平生昧聖言 協夢
非吾衰 瀝忱黃卷師 倚門其可揮 (매월당시집 제8권, 403쪽.)

시습은 경주로 돌아간 뒤에야 비로소 마음 편히 글을 썼다. 금오
산은 단종과 그를 위해 스러져간 이들의 이름을 헤아려 부르며 그
들의 부재를 견딜 수 있게 해 준 곳.

## ◇ 33세~37세 · 1467년-1471년
### 경주에서 금오산으로 들어가다

1457년 단종을 잃고 1467년 이시애의 난이 평정되기까지 십 년 세월 동안 시습은 심신이 몹시 피폐해졌다. 세조에게 저항하던 모든 시도는 이시애의 난이 평정되면서 일단락 지어졌다.

경주 남산 용장사 부근에 금오산실을 짓고 매월당이라 하였다. 시습은 서거정과 시를 나누었고, 경주 부윤과 통판 등과도 교류했으며, 여러 승려와도 벗했다.

그리고 1468년에는 선인들의 시구를 모아 만든 「산거집구山居集句」100수를 엮었다. 또한 시습은 관서, 호남, 경주 유람의 체험을 소재로 『금오신화』를 썼다. '인간의 흥망성쇠는 꿈과 같다'라는 주제에 자신의 체험과 사상을 덧붙인 오묘하고 신기한 이야기들이 용장사 흰 바위틈에서 솟아 나왔다.

시습은 1378년 경 명나라 사람 구우가 저술한 「전등신화」를 읽고 『금오신화』를 썼다. 현재「만복사저포기」, 「이생규장전」, 「용궁부연록」, 「취유부벽정기」, 「남염주부」가 남아 있다. 전란으로 유실된 이 책은 1927년 최남선이 계명 19호에 일본 동경의 오오타니본 大塚本을 소개하면서 전해졌다.

## 금오신화를 쓰고 나서 書金鰲新話後

오두막집 푸른 담요는 아직 따뜻하고

매화 그림자 가득한 창에 달빛 밝으니

긴긴밤 등 밝히고 향 피우고 앉아

한가로이 세상에 없는 글을 짓노라

옥당에서 글 쓰고 싶은 마음 없어졌기에

소나무 드리운 창 아래 단정히 앉았노라

검은 책상 위 향 그릇과 구리 병 고요하니

운치 있고 기이한 이야기 찾아 세세히 쓰노라

矮屋靑氈暖有餘 滿窓梅影月明初 挑燈永夜焚香坐 閑著

人間不見書 玉堂揮翰已無心 端坐松窓夜正深 香鑪銅瓶

烏几靜 風流奇話細搜尋 (속동문선 제9권, 칠언절구)


　무너지지 않는 건축물을 세우는 것과 수천 년의 세월이 흘러도 감동을 주는 글을 쓰는 과정은 비슷하다. 기본에 충실할 것. 소멸할 운명 속에서도 아주 드물게 살아남은 고대 건축물과 경전들은 뛰어난 인간 정신의 결정체라 할 수 있겠다. 꿈같은 이야기 속에 자신의 체험을 사실적으로 그려낸 『금오신화』도 그러하다.

## ◇ 38세 · 1472년
### 수락산에서 주경야독하다

1472년 38세 시습은 수락산 폭천 정사에서 새 희망을 품고 때를 기다렸다. 1469년 금오산에서 생활하던 중에 어린 왕 성종이 즉위했다. 시습은 성종에게 새로운 희망을 본 듯하다. 왕위를 칼로 찬탈한 세조의 조정에서는 일할 수 없지만, 현군의 자질을 지니고 있다는 성종의 조정에서는 벼슬하지 못할 이유가 없다고 생각했다. 당시 성종의 왕비 윤씨는 왕실불교 반대 상소를 올려 양양으로 유배갔던 집현전 학자 윤기견의 딸이었다. 세자 연산군을 낳은 폐비 윤씨는 정희왕후와 인수대비, 한명회라는 큰 벽을 넘지 못하고 스러져갔다.

1471년 봄에 서울로 올라온 시습은 성의 동쪽 수락산에 터를 잡았다. 수락산 계곡에서 머물다 때를 만나면 궁궐로 들어가서 뜻을 펼치려고 한 듯하다.

## 수락산 성전암에서 題水落山聖殿庵

산속에 나무 찍는 소리 정정대면
숨었던 새들 나와 한낮을 즐기네
골짜기 노인 바둑 두고 간 뒤
나무 그늘로 책상 옮겨 황정경●을 읽노라
山中伐木響丁丁 處處幽禽弄晚晴 碁罷溪翁歸去後 綠陰
移案讀黃庭 (매월당속집 제1권, 30쪽.)


　시습이 도성에 들어갈 때면 향교 관리인의 집에서 주로 묵었다.
시습은 서거정이 그곳을 찾아오면 인사도 하지 않고 비스듬히 누
워 발을 벽에 대고 하루 종일 이야기를 나누었다.


● 황정경黃庭經 : 중국 위진시대 도가들이 양생과 수련의 원리를 가르치고 기술하는 데 사용했던 도
교서적.

## 더부살이하다 보니 京洛僑居記事寄四佳亭

더부살이하다 보니 일 하나 없어
마음 다잡아도 북창이 쓸쓸하다
벽 너머 사람들의 싸우는 소리
처마 밑, 길게 늘어진 거미줄
한가한 이곳 시 쓰기는 좋다마는
나그네 꿈은 적막 속에 분주해서
길고 긴 하루 주렴 앞에 앉아있노라니
낮은 담장에 이끼만 번져가네
僑居無一事 寄傲北窓涼 隔壁人聲鬧 傍簷蛛網長 詩情閑
裏好 客夢靜中忙 永日垂簾坐 苺苔染短墻 (매월당시집 제6
권, 309쪽.)

시습은 수락산에 밭을 빌려 농사를 지었다. 이때 쥐와 새에게 곡
식을 나눠주고 아침저녁 죽만 먹어도 편안하다고 했다.

## 서쪽 밭에서 올벼 거두고 화답하다 和於西田穫早稻

인생살이 백 년 안쪽 걱정거리 한둘 아니지
누가 손발 게을리 놀려 편하고 배불리 지내랴?
아 손 놓고 노는 무리들 세상일 전혀 모르니
사람 도리 부끄럽지 않고 인과응보를 믿지 않느냐?
주리지 않으려 배불리 먹고 춥지 않으려 따뜻한 옷입네
비록 세상 물정 같더라도 넉넉하고 좋은 것 어찌 꺼릴까?
내가 성동 밭을 빌린 건 힘써 갈아 녹봉 대신하려 함이니
비록 쥐와 새가 반은 먹어도 청백리 되기에 넉넉하여라
죽 먹고도 아침저녁 빛나고 구름 소나무 굳게 문 닫았네
달콤한 곳에 아부하지 않아야 내내 한탄하지 않게 되리라

人生百歲內 所慮非一端 孰云惰四肢 居食求飽安 嗟嗟游
手輩 世務專不觀 不恥原道篇 肯信因果還 飽食欲未飢 暖
衣欲未寒 雖是物情同 所贍良獨難 我乞城東畝 作力代學
干 雖半雀鼠耗 足啓淸臣顔 淖糜光朝暾 堅鎖雲松關 甘處
不謟驕 足以無永歎 (매월당시집 제8권, 403~404쪽.)


시습은 수락산 꼭대기 금류폭포 위 내원암 터에 머물며 농사를
지으며 제자들을 가르쳤다.

## 동봉東峯께 드리다

**남효온**

지혜 깨우친 지 삼십 년 서울에 발 들이지 않았습니다

폭포 물 나려와 바위 드러나도 의연합니다

선사는 부처가 기쁘지 않아도 제자들 모두 시에 능하니

얽히고 묶인 몸 한스럽지만 스승께 나아가 뜻 펼치겠습니다

文明三十載 足不履京師 水落前巖得 春來庭樹宜 禪師不
喜佛 弟子摠能詩 自恨身纏縛 尋師意味施 (남효온, 추강집2,
226쪽)


## 동봉의 화답시和秋江 四首.1

우스워라 헛되이 세월만 보내는 내가 승려의 선생이라니

젊은 날 선비가 좋았지만 늙으니 먹물옷이 외려 편하다

가을 달밤 석 잔 술 마시고 봄날 아침 시 한 수 읊어도

좋은 사람 부를 수 없으니 뉘와 함께 웃으며 걸어볼까나

堪笑消磨子 呼余髡者師 少年儒甚好 晚節墨偏宜 秋月三
杯酒 春風一首詩 可人招不得 誰與步施施(남효온, 앞의 책,
216쪽.)

수락산에 머물며 제자를 가르치던 시습을 남효온이 찾아왔다.
뛰어난 제자들에게 시습이라는 놀라운 스승이 있었고, 그의 시에
시습이 화답을 한다.

## ◇ 39세-41세 · 1473-1474년

### 쓰고, 엮다

시습은 39세에 「유금오록遊金鰲錄」 발문을 쓴 뒤로, 선시에 주석을 달며 수락산 폭포와 더불어 살았다. 41세에는 일연의 사상을 계승한 목판본 「십현담요해」를 썼다. 그 이듬해 쓴 「대화엄법게도주병서」는 지금도 현대식 판본으로 출간되고 있다.

「십현담언해본」 목판본은 당나라 고승의 선시에 주석을 붙인 국내 유일본으로 2009년 성철스님이 머물던 해인사 백련암 장경각 서고에서 발견되었다. 책에 '성화 을미년 도절 재생패에 청한자 필추 설잠이 폭천사에서 주를 쓰다'라는 기록이 있어 시습의 저서임이 확인되었다. 「십현담요해」는 「경덕전등록」, 「벽암록」, 「선문염송」의 구절을 가져와 인용함으로써 시 정신으로 충만한 문자 선의 길을 열어주었다.

구전되던 「화엄경」을 채록한 책은 81권이나 되어 읽기 힘들었다. 이에 신라 의상이 구불구불 달팽이 같은 선 안에 210글자로 간추려 법게도를 그렸다. 의상의 법게도에 주석을 달아 풀이한 책이 김시습의 「법성게」이다. 「화엄경법게도」는 '크고 바른 이치를 깨달아 세상과 인생을 밝힌 뒤, 보살행으로 중생을 제도하자'는 내용을 전해준다. (무비스님이 풀어 쓴 김시습의 법성게 선해, 2018, 5~16쪽)

## 민상인에게 주다 贈敏上人

소년 대사 그 이름은 민이었다네
눈썹이 반듯하고 가을 물처럼 맑은
온화한 말투와 뜻이 고아하여 난초와 같았지……
少年上人敏其名 眉目稜稜秋水淸 言和志雅佩蘭英

꽃처럼 아름다운 객이 있네 객이 있어
서른 안쪽에 문예가 뛰어난.
……만 권의 책을 가지고 이 산에서 늙으려 하니
그대여 돌아오라 내 너를 기다리리니
언젠가 시냇가 너른 돌 위에서 차를 달이며
옷소매로 함께 푸른 산 연기를 떨쳐 보세나
有客有客美如英 年未三十文藝精 …… 萬卷圖書老此山
願子歸來吾遲汝 他年煎茶石澗邊 衫袖共拂靑山煙 (매월당
시집 제3권, 158~160쪽. 부분 발췌.)

『매월당집』에는 시습이 민상인과 학매와 선행 등의 제자 스님에
게 써 보낸 시가 여러 편 있는데, 그들을 향한 애틋한 마음이 느껴진
다. 시와 경서를 가르쳤던 제자들과의 인연은 노년까지 이어졌다.

## 학매에게 주다 示學梅

까까머리 학매가 시문을 배웠지
소양강 위 오두막이 바로 너의 집
책 덮고 어머니한테 다녀 온 너
글 논할 곳 찾다가 내게로 왔었지
푸른 솔 솜구름 유리가루 같은 서리
얼레빗 같은 달과 더불어
제자야, 너와 나의 오랜 인연은
푸른 산 깊은 곳까지 이어지겠지
學梅髡者學詩書 家在昭陽江上廬 斷織有親新覬到 論文
無地已參余 松如翠蓋雲如絮 霜似瓊麋月似梳 點爾與吾
曾有夙 靑山穩處必從渠 (매월당시집 제3권, 164쪽.)

학매는 춘천의 소양강가 오두막에 살던 소년으로 시습이 청평사
에 머물 때 찾아와 제자가 된 듯하다.

## 매대사를 만났다 또 이별하다逢梅又別 二首

한여름 이별하고 소식 끊긴 지 오래
화악산 깊어져 춘천 물 불어날 때
사립문에 기대어 이마를 찡고
달 보며 한숨짓곤 하다가
귀한 손 맞잡고 기뻐했지만
오늘 아침 다시 또 이별이어라
上人別仲夏 阻話數旬餘 花岳山深處 春城水漲初 倚門時
硏額 望月又長歔 却喜重携手 今朝更別余 (매월당시집 제3
권, 164~165쪽.)


학매는 시습을 찾았다가 여름이 한창이던 중하에 춘천으로 돌아
갔던 듯하다. 다시 만나 기뻤으나 그 여름 끝에 학매가 부모님을
뵈러 떠나자 서운하여 시 4수를 지었다.

## 비 오는 날 선행에게 주다 雨中示善行

작은 오두막에 단둘이 서로 의지하여
외딴집에 사립문 닫고 있으려니
등 넝쿨 배나무 덮어 녹음 우거지고
비 맞은 약초 붉은 싹 틔우는구나!
오로지 늙어서 병 없기 바랄 뿐
한평생 머리에 굴레 쓰지 않아 기쁘다
물고기와 새 또한 내 즐거움 알아
숲속 샘에서 온종일 속세를 잊었노라

窮廬與汝兩相依 寂寂茅茨獨掩扉 藤蔓覆梨張綠暗 藥苗
冒雨拆紅肥 惟思末路身無病 却喜平生首不羈 魚鳥亦知
吾所樂 林泉終日自忘機 (매월당시집 제4권, 211쪽.)

## 깊은 산으로 가는 선행을 보내며 送善行入深峯

깊은 산으로 떠나는 너를 보내니
산봉우리엔 쌓인 눈만 수북하다
사람 발자취 전혀 없고
오직 짐승들만 서로 스쳐 지나갈 뿐
빽빽이 선 나무 추위 속 창날 같고
천 개의 봉우리 소금처럼 하얀데
산속 집 몇 채마저 문 닫아걸고
덩그러니 높이 매달려 있겠지
送汝深峯去 深峯積雪多 定無人履迹 唯有獸相過 萬木寒
如戟 千峯白似鹺 山中幾箇屋 閉戶架嶔峨 (매월당시집 제14
권, 명주일록, 670쪽.)

선행은 관동의 오두막에서 스승의 노년을 보살폈던 제자였다.
시냇가에서 종일토록 세상일 잊은 채 이야기 나누고, 이기면 기쁘
고 져도 기쁜 저포놀이를 하면서. 한겨울 쌀과 땔나무를 져다 주고
돌아가는 제자의 뒷모습에 가슴 시렸던 스승. 힘이 줄어든 제자의
꽃다운 시절을 아련히 떠올리는 시습의 이마에도 노을이 지고 있
었다.

## 나무패기析薪

동봉에 있을 때 선행이 쌀 두 섬을 짊어지는 힘이 있었는데, 근래 힘
이 반으로 줄어들어 쇠약해져 나무패기를 제목으로 지어 자랑하고
자 한다. 昔在東峯 善行負二斛力膰 近劣夘任減半 傷其衰 誇析薪健以題

나무 패는 너를 지켜보니

네 힘이 더 약해지지는 않았나 보다

험한 동봉에서 쌀을 져오고

위태로운 북쪽 고개로 땔나무 나르던 너

연륜이 어느덧 차곡차곡 쌓여서

오래 병든 몸은 점점 더 따분해지고

너는 늙고 나는 기우니

덧없는 인생이 정말로 서러워라

析薪知汝力 汝力不曾衰 負米東峯險 搬柴北嶺危 殘年何
荏苒 病骨漸支離 爾老我頹謝 浮生良可悲(매월당시집 제14
권, 명주일록, 649쪽)

◇ 47세 · 1481년

**수락산에서 환속하다**

수락산의 시습은 성종의 혁신적인 정치에 희망의 끈을 놓지 않고 있었다. 그는 '불법에 귀의했던 일은 젊은 시절 한때 이단에 빠졌던 것이라'라고 후회하면서 제문을 지어 조상님께 제사를 지내며 유생으로 살아보려 했다.

호랑이나 수달 같은 짐승도 어버이를 사랑하여 정성을 다하는 것이 하늘의 이치인데, 젊어서부터 이단에 빠져 애처롭게 헤매었습니다. 윤회설이 황탄하다는 것을 깨닫고도 계속 그 길을 걷다가 말로에 와서야 허망함을 후회합니다. 전례와 경서를 참고하여 애써 조상께 제사 지내기로 결정하고, 청빈한 생활을 참작하여 간소하고 깨끗하게, 풍부하지 못하나 정성을 기울이는 데 노력하였습니다. 늦게나마 과거의 허물을 속죄하며 하늘과 땅 사이에 정성을 바쳐 구원에 계신 조상 선조님께 인사 올립니다.' (매월당속집 제1권, 897쪽.)

설잠 스님 옷을 벗은 시습은 안씨 부인과 재혼하여 아들을 낳고 조상께 제사 지내는 범부로 살아가고자 했다.

## 답답한 것을 펴느라고 敍悶

마음대로 일이 되지 않아도 즐거운 건 오직 시 짓는 것
취한 기분 눈 깜짝할 새 사라지고 졸음도 다만 잠시뿐
송곳 끝 다투며 이를 갈고 말 기르는 오랑캐 한심하여라
인연 없어 제사 못 지내고 눈물 닦으며 오래 슬퍼하였다
心與事相反 除詩無以娛 醉鄕如瞬息 睡味只須臾 切齒爭
錐賈 寒心牧馬胡 無因獻明薦 抆淚永嗚呼

자라서 불문에 들었어도 허황한 것 구하지 아니하였고
이름난 뒤 폐인 되니 잃고 얻는 일 마음 두지 않았다
밝은 달 날 알아주어 푸른 물에 두고 온 세한지맹
사람들의 칭송이 부끄럽도다 받은 유산 많아도 나는 가난해
壯入遠公社 非求幻化談 榮華曾不齒 失得已無堪 知己唯
明月 寒盟有碧潭 多慙譽我者 遺贈長吾貧

조상제사 끊긴 한과 처음 기대 저버린 마음 너무 무거워
강물 맑아지기 기다려도 학이 전하는 조칙 오는 게 더뎌
나와 세상 서로 어긋나 세월은 성큼성큼 빨리도 흘러갔다
하늘이 날 가여워한다면 곤한 것 기울어질 날 꼭 오리라

可恨顚宗祀 關心負素期 河淸俟望久 鶴詔下來遲 身世乖
違甚 年光荏苒移 天公如憫我 必有否傾時 (매월당시집 제14
권, 명주일록, 666~667쪽, 첫째, 다섯째, 여섯째 수)

언젠가는 하늘이 자신의 비루함을 거두어 가리라는 꿈은 그의
사후 실현되었다. 중종 때 시작된 사육신 복권운동은 현종 때 송시
열과 김수항의 상소로 공론화된다.

## 방본잠 邦本箴

하늘이 뭇 백성을 내시고

여기에 임금을 세우시니

오직 백성을 잘 받들고

사랑하여 어루만져 길러야 하리

홀아비 과부 고아 늙고 자식 없는 이들,

노인병, 불구에 이르기까지

크고 작음을 가리지 않고

모두를 사랑하여 살아나갈 수 있기 바라노라

본래부터 백성이 나라의 근본이니

근본이 견고해야 당신도 편안한 것을

당신이 먹는 것은 백성의 곡식,

당신이 입는 것은 백성의 비단

궁궐과 거마도 백성의 힘일진댄.

열에 하나는 세금으로 바치고,

세 받은 것으로 다스리니

인으로 날 이끌어주길 뜨겁게 바랄 뿐

어찌 하늘을 무시하고 맘대로 방탕하리오

天生烝民 立之司牧 惟其克尙 寵綏撫育 鰥寡孤獨 疲癃殘疾

無小無大 咸仰字活 固名邦本 本固爾安 爾之食也 民之穀也
爾之服也 民之帛也 宮室車馬 民之力也 什一而貢 貢以爲帥
帥我以仁 非帥烈烈 如何慢天 (매월당문집 제21권, 837쪽)

시습의 정치관은 방본잠에 뚜렷이 나타난다. 백성은 하늘이 낸
나라의 근본이니, 차별 없이 공평하게 사랑하여 받들어야 한다고.

V.

회귀

한곳에 정착하지 못하고 떠도는 사람을 일컬어 방랑자, 유랑자, 보헤미안, 떠돌이, 집시, 나그네, 노마드, 유목민 등으로 부른다.

여우는 죽을 때 자기가 태어난 굴 쪽으로 머리를 두고, 연어는 강물의 냄새를 좇아 먼바다를 거슬러와 폭포를 뛰어넘어 태어난 곳으로 돌아온다.

답답한 현실을 벗어나 객지로 나갔던 사람들도 제 살던 곳에서 마음이 편해지듯 누구에게나 돌아가고 싶은 마음의 고향이 있는 법.

전국을 떠돌던 시습이 동쪽 깊은 산속으로 들어갔던 이유 또한 선조의 뿌리가 경주와 강릉에 있었기 때문이리라. 감당할 수 없는 큰일을 겪을 때마다 시습은 춘천 청평사로 들어가 속세의 때를 다 씻은 뒤 인제 설악산을 넘어 동해로 갔다.

## ◇ 49세 · 1483년
## 다시 관동으로 떠나다

두 번째 아내 안씨와의 혼인 생활은 그다지 길지 않았다. 1년 만에 사별로 끝이 난 듯하다. 수락산 인근에서 생활하던 시습에게 성종의 폐비윤씨 사건은 마음에 상처를 남겼다. 어지러운 정국, 시습은 그곳에 머물 이유가 없어졌다. 다시 유랑을 시작했다. 49세, 늦은 봄이다.

춘천으로 들어가 청평산, 청평사에 잠시 머물던 그는 인제를 넘어 관동 땅으로 들어갔다. 시습이 은거하던 곳들은 모두 경치가 아름다워 속세의 티끌이 한 점도 보이지 않는다. 반석 위를 지나는 시냇물이 있고, 평평한 바위 위에 차 달일 솥도 걸을 수 있고, 하루 종일 흐르는 물소리 들으며 앉았다 누웠다 쉴 수 있는 곳.
곡운구곡, 청평계곡, 백담계곡, 용장골 등이 모두 그러하다. 계곡에서 즐기는 동안 시습의 가슴 속에 가득 찼던 온갖 세상 근심들이 깨끗이 씻겨나갔으리라.

## 춘천 가는 길 途中

맥국에 첫눈 날리니
춘성의 나무에 잎이 드무네
가을 깊은 마을에 술이 있는데
오랜 객지길 밥상에 고기가 없네.
먼 산 하늘은 들판에 드리우고
강 너머 땅은 허공에 닿았네
외기러기 노을 지나 날아가는데
먼 길 달려 온 말 갈길을 주저하네

貊國初飛雪 春城木葉疏 秋深村有酒 客久食無魚 山遠天
垂野 江遙地接虛 孤鴻落日外 征馬政躊躇 (매월당시집 권13,
관동일록)

희망을 품고 시작했던 수락산에서의 생활은 상처만 남겼다. 시습은 춘천의 강과 산에 끊임없이 자신을 비추어보았다. 먼 산과 들에 아득히 이어진 하늘과 강을 따라 걸으며. 첫눈 내리고 해마저 떨어지자 길에서 머뭇거리며. 시습에게 산도 멀고 강도 멀고 길도 멀기만 하다.

## 청평산清平山

청평산 초록빛 옷에 비치니

어둑한 안개 속 노을이 지네

바위 두드리는 폭포 물안개 되고

새순 돋은 숲 넝쿨 푸른 장막 펼치니

옥모래 진기한 풀 속세를 떠난 듯

꽃나무로 둘러싸여 세상일 잊었노라

풀 베어 저 높은 곳에 오두막 지으니

나 이제 다시 떠나고 싶지 않아라

淸平山色映人衣 慘淡煙光送落暉 巖溜洒空輕作霧 春蘿
拱木碧成幃 玉沙瑤草人間遠 琪樹瓊花世慮微 只好誅茅
棲絶頂 從今嘉遯莫相違 (매월당시집 제1권, 53쪽.)

수락산을 떠난 시습은 춘천으로 갔다. 청평사가 있는 청평산에
들어선 시습은 그곳에서 세상일을 잊고 싶었다. 그리고 다시는 헛
된 희망을 품지 않으려 속세로 돌아가지 않겠노라 다짐한다.

## 식암에서 지혜를 구하다 息菴練若

안개 자욱한 푸른 절벽 사이의 암자

높은 벼랑 뚫고 구름 끝에 서 있네

솔숲 부는 바람 경쇠 맑게 울리고

그물에 걸린 달그림자 문턱 누를 제

시비를 가려 장차 어디에 쓰며

이익을 좇아 끝내 무엇을 볼까

선동의 소나무 창 아래 앉아

두 권의 황정경을 살펴 보려네

寺在煙霞翠壁間 懸崖開鑿架雲端 風磨松檜搖淸磬 月映
罘罳壓小欄 是是非非將底用 營營碌碌竟何顔 不如仙洞
松窓下 兩卷黃庭仔細看 (매월당시집 권13, 관동일록, 590쪽.)


시습은 곡운구곡을 거쳐 청평사 세향원에 들어가 한동안 머물렀
다. 청평사는 이자현의 호 청평거사에서 비롯되었고, 경운산 또한
청평산으로 불리게 된다. 이곳은 중국 영현선사가 973년에 세운
백암서원, 춘주도 감창사 이의가 1068년에 중건한 보현원 자리였
다. 부인 잃은 이자현이 벼슬을 버리고 들어와 조성한 고려정원. 시
습은 청평산에 들어와 이자현을 떠올리고 그에게 지혜를 구한다.

## 청평사淸平寺

절 앞 시냇물 소용돌이치고
불경 고판 울리는 소리 높고 낮은데
구름 방아 햇곡식 저절로 찧고
질화로에 한가히 묵은 복령 달이노라
절벽 위에 자란 뜰 앞의 잣나무
창밖 푸른 산은 속세가 아닌 듯
백 권의 책 읽고 도리 따져 기쁘니
이자현 부러워할 이 아무도 없어라

寺前溪水響瑽琤 金碧高低鼓板鳴 雲碓自春新壤粟 瓦爐
閑煮老松苓 庭前柏樹非餘境 窓外靑山不世情 樂道百篇
窮法理 無人喚起李先生 (매월당시집 권13, 관동일록, 589쪽)


그 옛날 신선이 사는 동네로 불릴 만큼 일반인들의 접근이 어려
웠던 청평사. 지금은 소양댐 선착장에서 배를 타거나, 배치고개 넘
어 육로로 쉽게 다녀올 수 있다. 청평사 주변에는 '고려'라는 지명
이 아직 많이 남아있다. '고려정원'은 구송폭포에서 식암에 이르
기까지 조성된 정원 전체를, '고려선원'은 이자현, 나옹, 김시습 등
고승과 학자들이 공부하던 경내를 통칭하는 말이다

## 청평산 세향원 남쪽 창에 쓰다 題清平山細香院南窓

아침 해 문득 떠올라 새벽 푸른 빛 사위어가고

숲속 안개 걷히니 새들은 서로를 부르며 찾고 있누나

먼 산봉우리 감도는 푸른빛 창문 열고 바라보니

이웃 절의 종소리 절벽에 막혀 멀리 들리네

파랑새는 소식 전하려 약탕관을 기웃거리고

벽도화 떨어져 이끼 위에 수놓을 제

포대화상 신선되어 하늘에서 돌아왔으니

소나무 아래 한가히 소전문을 펼치리라

朝日將暾曙色分 林霏開處鳥呼群 遠峯浮翠排窓看 隣寺
疏鐘隔巘聞 青鳥信傳窺藥竈 碧桃花落點苔紋 定應羽客
朝元返 松下閑披小篆文 (매월당시집 권3, 187쪽.)


시습은 세향원에 들어와 비로소 자신을 되찾고 정신세계를 넓힐
수 있었다. 이곳에서 시습은 시냇물로 차를 끓여 마시며 시를 읊었
고, 새벽부터 아침 해가 뜰 때까지 남쪽으로 난 창문을 열고 숲속
을 응시하였다.

## 옛 친구를 떠올리며 <sup>憶舊</sup>

아름답다 종중의 장손 이정은이여!

아름다운 글 짓도록 하늘이 낸 사람

시에 능한 조자건처럼

벗 위하는 유비처럼

소식 이미 끊겼지만

그 마음 잊지 못하여

소나무 아래 거문고 타며 지난 일 떠올리니

생각조차 아득하여라

有美宗英冑 天人錦綉腸 能詩曹子建 愛友漢中王 音問雖
今斷 情懷詎可忘 彈琴松樹下 緬想意茫茫 (매월당시집 제13
권, 관동일록, 602쪽.)


시습과 뜻을 같이했던 종실 이정은. 살림이 넉넉지 못한 산림처
사들에게 덕을 베풀던 이정은의 후손들 또한 시습의 세한정신을
존경하고 따랐다. 세조에 맞섰던 종실 이정은과 이총이 거문고를
타면 백아와 종자기처럼 음률이 맞아 듣는 이들 모두가 눈물 흘렸
다고 한다. 김상헌과 삼수육창이 그의 외손들이다.

## 모진나루 母津

모진에서 비로소 닻줄을 풀고 나니
버드나무 적시며 다가오는 저녁 물
맑은 물 감도는 모래섬 저 멀리
아득한 물안개 평화로운 나무들
물새들은 점점이 물가에서 쉬는데
밝은 달 벗 삼아 저어가는 배
한없이 자욱한 물안개 밖으로
이 한 몸 가벼워져 돌아가노라
母津初解纜 楊柳晚潮生 淡淡沙汀遠 茫茫煙樹平 閑鷗分
渚泊 明月共船行 渺渺水雲外 一身歸去輕 (매월당시집 제1
권, 55쪽.)


　곡운구곡과 춘천 사이에 있는 오탄에서 꼬불꼬불 말고개를 내려
오면 초록 강물이 유유히 휘돌아 내려온다. 모진강은 금강산에서
발원하여 양구, 화천을 거쳐 춘천으로 흐르는 북한강의 옛 이름이
다. 수몰되기 전 인람역은 물길 따라 목재와 미곡 등을 실어 나르
는 사람들로 늘 북적였다. 지금은 춘천댐 위를 지나 강을 건널 수
있지만 전에는 배를 이용해야만 했다.

## 우두 벌 牛頭原

우두 벌 저녁 안개 걷히니

넓은 들 누런 보리 구름처럼 일렁이고

흰 새 한 쌍 석양에 날자

푸른 물결 십 리 돌아 떠나가는 배

가는 곳마다 시 읊어 흥겨웠고

오랜 세월 술로 근심 달래 왔지

다리 끊긴 넓은 강 마을 휘돌고

목동들 화답하며 편안히 소를 타네

牛頭原上暮煙收 萬頃黃雲麥隴秋 白鳥一雙飜落日 蒼波
十里送歸舟 江山處處詩添興 風月年年酒解愁 野水斷橋
村逕曲 牧童相喚穩騎牛 (매월당시집 제1권, 53쪽.)

춘천댐 밑에 가라앉은 인람역 일대는 신라시대 우수주, 우두주, 난산의 중심지로서 낙랑국의 옛 도읍지였다. 낙랑국은 기원전 195년 최숭에 의해 세워졌고, 기원전 37년 고구려 대무신왕에게 멸망하였다. 고구려 왕자 호동을 위해 자명고를 찢은 낙랑공주의 눈먼 사랑이야기가 전해지는 곳. 그곳을 시습이 노래한다.

## 가평에서 加平縣

구름처럼 높이 선 고목들 겹겹이 둘러서 있는 옛 고을 문
사람들 푸른 들에서 밭 갈고 날 저물도록 개 짖지 않는
산기슭엔 나무꾼 다니는 길 물가 마을엔 외짝 사립문
아전은 잠자고 산새만 우짖는 이곳이 바로 무릉도원
老樹靄如雲 重圍古縣門 有人耕綠野 無犬吠黃昏 樵逕依
山麓 柴扉傍水村 吏眠山鳥語 風景似桃源 (매월당시집 제1
권, 54쪽.)


　조선 시대 춘천은 화천, 양구, 인제를 포함한 물의 고을이었다.
댐이 건설되기 전 북한강에는 상류에서 떠내려 보낸 뗏목들로 가
득했다고 한다. 시습이 지나치던 가평은 밭을 가는 사람들, 짖지
않는 개, 잠자는 아전, 우짖는 산새가 있는 무릉도원이었다.

## 고산孤山

안개 낀 고산에 조각배 띄우니

층층이 높은 벼랑 외로운 나그네

어부의 피리 소리 바람 따라 가냘프고

해 잠긴 강 물결 그림자 한가롭다

미끼 물은 쏘가리 낚아 올리니

청둥오리 물결 따라 자유로이 떠다네

나 이제 명예 다 떨치고

밝은 달밤 강물에 낚싯대나 걸치리라

孤山煙浪泛扁舟 峭壁層崖蕩客愁 漁笛帶風聲嫋嫋 江波
涵日影悠悠 錦鱗因餌牽絲出 彩鴨隨波得意浮 從此盡抛
名利事 一竿明月占波頭 (매월당시집 제13권, 관동일록, 604쪽.)


우두와 서면 사이의 고산은 중도라는 모래섬에 있었다. 다리가
놓이기 전, 서면 사람들은 배를 타고 춘천 시내를 드나들었다. 옛
소양강 나루터에 기념비처럼 서 있는 작고 녹슨 배 '고산호'는 서
면의 학생들과 농작물, 우마차를 실어 나르던 통통배였다 선사유
적지가 있던 중도는 현재 레고랜드로 개발중이다.

## 고란古呑

아득히 보이는 푸른 산 저 멀리
걷고 또 걸어 걸어가 닿은 초록 물가
저녁놀 산꼭대기에 걸려 있는데
억새 풀 가시나무 좁은 길 막아서네
드넓은 하늘과 땅 사이 수많은 마을
뜻 잃어 보잘것없는 이 한 몸
나 이제 나그네 소원 알았으니
가난하더라도 한곳에 머물고 싶어라
渺渺靑山遠 行行綠水濱 高峯留晚照 小路礙荒榛 萬里乾
坤闊 平生落魄人 始知爲客樂 不及在居貧 (매월당시집 제1
권, 55쪽.)


인람리, 송암리, 고탄리, 고성리, 발산리, 지내리는 춘천댐에서
소양댐 가는 길에 있다. 짙은 초록색 산과 강물이 일렁이는 곳, 시
간이 정지된 것 같은 고요함 속에서도 이 마을에서는 산나물, 무
배추, 고추, 감자 등이 무럭무럭 자란다. 옛 고을을 품은 푸른 물들
이 쉬지 않고 출렁거리는 사이.

## 도점陶店

아이는 잠자리 잡고 할아버지 울타리 고칠 때

작은 개울 흐르는 봄물 자맥질하는 가마우지

푸른 산 끊긴 곳 돌아갈 길 아득하여

절굿대 가지 하나 가로 메고 가노라

兒打蜻蜓翁掇籬　小溪春水浴鸕鶿

靑山斷處歸程遠　橫擔烏藤一介枝 (매월당시집 제1권, 52쪽.)


　가야 할 곳은 저 멀리 보이는 푸른 산인데, 산 끊겨 냇물 흐르는
곳에 나타난 옹기 파는 곳. 시습이 보았던 도점은 어디쯤일까?

　지팡이 하나 든 고단한 나그네 시습은 정처가 없었다. 강물에서
노니는 가마우지 집도 나무에 주렁주렁 걸렸거늘.

## 소양정에 올라<sup>登昭陽亭</sup>

새는 하늘 끝까지 날고 근심어린 한숨이 이어지누나
산들은 북쪽에서 굽이쳐오고 강물은 서쪽으로 흘러가노라
저 먼 모래밭에 물새 날아가니 강 언덕으로 소리없이 다가오는 배
언제쯤 복잡한 세상일 다 잊고 흥겨운 뱃놀이 다시 하려나
鳥外天將盡 愁邊恨不休 山多從北轉 江自向西流 雁下沙
汀遠 舟回古岸幽 何時抛世網 乘興此重遊 (매월당시집 제13
권, 관동일록, 605쪽, 첫 수.)


소양정은 남한에서 가장 오래된 정자다. 소양1교 나루터 가까이
있던 소양정은 큰 홍수가 날 때마다 유실되고 재건되었다. 소양정
에는 여말선초의 충신 원천석부터 구한말 의병장 유인석까지 유명
인사들의 시가 걸려 있다. 625 이후 재건된 '소양정' 편액의 글씨
는 도지사 박경원의 필체이고, 「신소양정낙성기」에 적혀있는 재건
추진위원 명단에 나의 부친도 들어있다. 한양으로 떠나기 전 소양
정에 오른 시습은 근심 걱정이 가득했다. 야수 앞에서 울부짖던 어
린 양들 생각으로.

## ◇ 51세 · 1485년
### 오대산을 지나 강릉으로 들어가다

1485년 봄, 시습은 나이 오십에 진부령을 넘어 동해로 갔다. 살아온 세월을 시습만큼 뒤돌아보고 규정지은 사람이 또 있을까?

세상에서 볼 때 볼품없이 나이든 나그네지만 꾸준히 자아 성찰을 하는 사람은 평판에 좌우되지 않는다. 자신의 길을 걷고 또 걸어갈 뿐. 감당할 수 없는 큰일을 겪을 때마다 시습은 설악산을 넘어 동해로 갔다.

### 나그네 길에서 客路

삼월이라 관동 가는 길 새 울고 초목이 울창하다
예쁜 꽃 절벽에 피고 괴석은 언덕에 누웠노라
좁은 골짜기 인적 드물고 깊은 산 짐승들 숨어있네
도원은 과연 어디 쯤인지 흐르는 물 보며 홀로 서 있네
三月關東路 禽啼草木稠 好花垂絶壁 醜石臥平丘 洞狹人
居少 山深獸可優 桃源何處是 獨立看溪流 (매월당시집 제14
권, 명주일록, 610쪽)

## 시름愁

왜 봄이 오면 날마다 시름겨운지
강풀과 꽃들은 한없이 정다운데
험한 관문 요새 지나온 삼 년 나그네
구름과 맑은 물 원 없이 보았지
들 주막 흰 연기 어촌에 오르고
문루의 뿔피리 소리 산성을 움직이는데
여기가 바로 수심 겨워 애끊는 곳
서쪽 향해 흐르는 눈물 어쩔 수 없지
春愁日日緣底生 江草江花無限情 三年爲客關塞險 幾度
厭見雲水明 野店白煙生海國 譙樓畫角動山城 此是愁人
腸斷處 不堪西望涕縱橫 (매월당시집 제14권, 명주일록, 683쪽.)


꽃이 만발한 봄날 시름에 잠겼던 시습. 그는 저녁연기 피어오르
는 어촌 문루에서 부는 풀피리 소리를 듣는다. 몸은 동쪽에 두고
서, 마음은 늘 서쪽을 향해 근심하던 그.

## 날 저물어 돌아가다暮歸

푸른 산 밖으로 난 나그넷길

사람들은 푸른 물가로 가네

들판에 낮은 구름 드리우니

강에 비친 달 나를 따르네

대숲 빽빽한 마을 가까워지니

저녁연기 고이 피어오르네

유유히 남북으로 달려온 길

나루터 가는 길은 어디쯤일까?

客路靑山外 人行綠水濱 野雲低度巇 江月照隨身 竹密村

墟近 煙生暮色均 悠悠走南北 何處是通津 (매월당시집 제13

권, 관동일록, 610~611쪽)


한평생 골짜기와 푸른 물가로 걸어갔던 시습. 구름과 달을 벗 삼
아 걷는 길에서 저녁연기 피어오르는 정겨운 마을을 만난다. 이제
저물녘이 되었으니 돌아갈 날이 머지않았다. 배 저어 강 건너갈 때
가 온 것이다.

## 먼 봉우리 遠峯

끝없이 늘어선 먼 봉우리 반쯤은 아득히 허공 위에 떴다
첩첩이 둘러싸여 저 멀리 끝없이 뾰족뾰족 이어져
서쪽 보려는 눈 가려주고 북쪽 가려는 기러기도 막아주던
너를 뚫고 마침내 돌아가려니 그리운 건 잘린 쑥대 하나 뿐이네
―북쪽으로 가서 살려 했던 시의 뜻이 이러하였다
遠峯列莫數 縹緲半浮空 疊疊圍無盡 遙遙尖不窮 幸遮西
望眼 能礙北征鴻 穿汝當歸去 依依一斷蓬 有向北卜居之
意 故詩語如此 (매월당시집 제14권, 명주일록, 655쪽.)

　멀고 험한 관동 가는 길은 자신을 성찰하며 나아가는 구도의 길
이었다. 첩첩산중 높은 고개를 넘고 또 넘어갔던 시습.
　끝없는 봉우리들은 서쪽의 궁궐로 향한 마음과 북쪽의 벗에게
가려는 의지를 막아주는 심리적인 병풍이었다.

## ◇ 52세·1486년

### 양양, 설악산에서 농사짓다

**1486년의 봄**丙午春

방마다 떠돌이 노래 고을마다 칡넝쿨 노래
백성들 시름 극에 달한 걸 하늘은 왜 모르시나
모두가 진흙 속 지렁이 부러워하고 물속의 거북 생각뿐
다른 짐승 될 수 없어 이고 지고 먼 길 달려나갈 수밖에
萬室歌鴻雁 千村詠葛藟 民愁方有極 天眷豈無知 盡羨泥
中蚓 渾思水底龜 不能爲異類 負戴走長岐 (매월당시집 제14
권, 명주일록, 656쪽.)

열세 살에 왕이 된 성종은 정희왕후의 수렴청정을 받으며 12명
의 후궁에게서 28명의 자손을 두었다. 1482년 세자 연산군의 생모
를 질투가 심하다는 이유로 폐한 뒤 저세상으로 보낸 폐비 윤씨 사
건. 이는 연산군 때 일어난 무오·갑자사화의 불씨가 된다. 사림파
들은 중종 때의 기묘사화, 명종 때의 을사사화까지 '네 번의 화'를
당하게 된다. 시습은 폐비윤씨 사건 이후 어수선해진 1486년 당시
세상 분위기를 사실적으로 그려냈다.

## 유쾌한 노래 快意行

내게는 예리한 병주 칼이 있어 창해 바닷물 싹 도려내고
흑룡 굴을 샅샅이 뒤져내어 풍랑 속 여의주를 찾아낸 뒤
큰 물결로 넓은 하늘 뒤덮고 무지개 번개 번쩍 일으켜
턱수염 휘어잡아 힘껏 빼앗은 뒤 기뻐하리
내게는 긴 칼 한 자루 있다오. 북두 견우성보다 더 강한
한 번에 푸른 언덕 갈라지고 두 번에 사자들 포효하는
내 달리면 당할 자 앞에 없고 길 막혀도 뒤좇는 사람 없는
불평분자 모두 베고 난 뒤 물러나 편히 쉬리라
我有幷州刀 覊取滄溟水 手探驪龍窟 爭珠風浪裏 臣浸凌
大空 電霆騰閃起 捋鬚摑其頷 健奪然後喜 我有一長劍 紫
氣凌斗牛 一擬蒼崖裂 再擊狻猊吼 直走無當前 旅拒無
趨後 盡芟不平者 然後退靖守 (매월당시집 제14권, 명주일록,
673~674쪽.)

    높은 산 위에 올라 세상을 내려다보면 속세의 온갖 일들은 하찮
다. 시습이 유쾌하게 부른 노래 속에는 바다의 용과 맞서 싸우는
용기와 북두칠성과 견우성을 능가하는 힘이 들어있다.

## 방하나 一室

무릎 겨우 들이민 방 한 칸 매달린 경쇠처럼 휑하구나
생애는 물처럼 담담하고 종적은 배처럼 둥둥 떠다녀
우연히 석 달 머무른 뒤로 어느덧 해가 바뀌고 말았다
산봉우리 무척 아름다워서 화산 앞에 선 것 같아라
一室僅容膝 翛然如磬懸 生涯淡若水 蹤跡泛於船 偶爾留
三月 居然已隔年 峯巒雖信美 爭似華山前 (매월당시집 제14
권, 명주일록, 소릉 화운 시, 682쪽.)


시인은 긴 칼 한 자루 휘둘러 세상을 평정하고 물러나 편히 쉬
고 싶었다. 그러나 지금은 무릎 하나 겨우 들어가는 방 하나뿐. 궁
궐 북쪽에서 임금을 지키는 화산은 너무 멀리 있었다.

## 새로 불어난 시냇물 新漲

어젯밤 산중 계곡에 물 붙더니
돌다리 기둥 아래 옥구슬 구르는 소리
부딪쳐 우는 물소리 가련하여라
한 번 휩쓸려 가면 다시 올 수 없으니
昨夜山中溪水生 石橋柱下玉鏘鏗 可憐嗚咽悲鳴意 應帶
奔流不返情 (매월당시집 제4권, 228쪽.)


　계곡의 상류에는 큰 바위들이 통째로 나뒹굴고 있다. 급류에 휩
쓸려 구르며 동글동글해진 옥돌과 쏟아져 내리는 물살을 보며 한
번뿐인 인생을 생각한다.
　오직 가기만 하고 돌아올 수 없는 길, 고치고 수정할 수 없어 '두
번은 없는' 인생길을.

## 한송정 寒松亭

해풍 불어 하늘로 솟는 물결

솔과 구름 거문고 소리 내네

풀숲 깨진 섬돌 여우 토끼 지나고

해당화 진 들판에 자고새 잠드니

신선의 옛 자취 상전벽해 사라지고

속세를 떠도는 인생 다 늙어 가는데

홀로 누각에 올라 머리 돌려 바라보니

오색구름 가에 봉래 섬 떠 있어라

海風吹斷浪滔天 松作雲和意外絃 敗砌草埋狐兔過 野棠
花落鷓鴣眠 神仙舊迹桑田變 塵世浮生甲子遷 獨上高亭
回首望 蓬萊島在五雲邊 (매월당시집 제10권, 유관동록, 489쪽.)


동해 한송정에는 영랑 등 신라의 사선들이 차를 끓여 마시던 돌
우물과 비석 흔적이 남아있다. 고려 예종 때 송나라 복주에서 귀화
한 호종단이라는 이가 있었다. 사람들은 그가 금강산과 동해 선랑
들의 비석을 물속에 던져 훼손하고, 제주도 산방산의 혈맥을 끊어
왕기와 샘을 마르게 했다고 믿었다. 당시 예종의 신임을 받던 호종
단이 불교 숭상을 위해 민족고유정신 말살에 앞장선 것이다.

## 풀벌레 소리 啷啷

찌르찌르 어찌 그리 울어대나 풀벌레 서로 울며 조문하네
꿈도 없이 누운 서당 밝은 달 가까이 비추이는데
사람마다 저 좋은 것 있듯 나 또한 고요히 홀로이고 싶어
물처럼 흐르다 구렁 만나 멈추고 내 마음대로 떠다니리라
살아선 언덕 골짝에서 늙고 죽어서는 산록에 묻히리니
예부터 모두 이러하거늘 어찌 적적하랴?

啷啷何啷啷 草蟲鳴相弔 西堂臥無夢 皓月當前照 世固各
有好 余獨愛幽寂 乘流遇坎止 恣意得所適 生當老丘壑 死
當埋山麓 古來共如此 已矣何戚戚 (매월당시집 제1권, 71쪽.)


시습은 밤새 지치지 않고 울어대는 풀벌레 울음소리에 잠이 깨
어 사육신사건, 단종 애사, 남이 역모사건 등에서 이어지던 사람들
의 애끊는 통곡 소리를 떠올린다.

풀벌레 울음소리에서 곡소리를 연상할 정도로 억울한 죽음이 만
연했던 세상에서 그는 머지않아 산록에 묻힐 날을 예감하며 어두
운 밤을 뜬눈으로 밝히곤 했다.

## 바닷속 보물天琛

저 바닷물 한 잔 소용돌이치며
몹시 커져 아득해지는 것 그대 보았는가
큰 물결 밤낮으로 우레처럼 울고
깊고 깊은 바닥엔 끌어당기는 힘 있어서
온갖 진기한 보배 새끼를 잉태하고
인어가 한 번 우니 만 개의 구슬 방울지고
천년 묵은 조개 진주 머금었어라
반짝반짝 조개 소라 빼어난 산호
서로 빛 쏘아대며 울분에 차니
욕심 많고 비루한 검은 용 잠들지 못해라
물가 나그네 분하여 눈물 삼키니
페르시아 배야 잃은 보배 건지지 마라
좋은 보배 쉽게 얻지 못해도
수레 바쳐 성 바꾼다는 소문 이미 들었다
나도 한때 붉은 옥 품었던 무리
어둠 속에 옥 던지면 원망 살까 두렵다
배 열고 좋은 옥 바칠 수 없어
감추었다 때 되면 이내 인생 마치리라

君不見今夫海 一勺水多何㴼哉 及其大也渺無涘 日夕臣
浪聲如雷 深深之底氣滋涵 百千珍寶含胚胎 鮫人一泣萬
珠滴 老蚌千歲孕明月 蟾螺璨璨珊瑚秀 光芒相射流勃鬱
驪龍貪鄙不遭睡 淵客慷慨猶飮泣 波斯莫採離婁失 至寶
豈可容易得 已聞徑寸照連乘 復道一雙酬連城 我亦當年
懷瑾徒 却恐闇投人或驚 不能披腹呈琅玕 且藏侍 價終吾
生 (매월당시집 제10권, 유관동록, 493쪽.)


시습은 큰 물결이 밤낮으로 철썩이는 망망한 바다 깊은 곳에 만물을 끌어당기는 거대한 힘이 있다고 믿었다. 진귀한 보배를 몰라보는 세상에서 뱃속의 하나뿐인 보배를 꺼내는 일은 소용없는 일이라면서.

가슴속 깊이 감춰 둔 붉은 뜻 담은 글들은 살아남아 바닷속 보석처럼 지금껏 빛나고 있다.

## 겨울 파리寒蠅

겨울 파리 벽 위에 딱 붙어 날개 접고 마른 송장 되었네
소란만 일으켜 미움 받아 앵앵대고 성가셔도 못 잡았던
찬바람에 다 죽었나했더니 따뜻한 방에서 다시 날아올라
더 이상 살아나지 말라며 가시나무 손에 쥐고 혼 줄 냈지
더위엔 호기롭고 장하더니만 찬 서리에 풀죽어 설설 긴다네
단청 기둥에 점 하나 되고 흰 벽 위 까만 사마귀 점 되어
쓸모없는 얇은 날개로 모퉁이에 천한 흔적 하나 남겼거늘
때 얻었다 방자하지 마라 권세 다한 뒤 그 누구를 원망하랴
寒蠅倚壁上 戢翅作枯殭 變亂人多嫉 喧煩臂莫攘 風寒如
殄瘁 室暖又飛翔 勿復重蘇活 深呵止棘章 溽暑多豪壯 淸
霜不自由 畫梁加剩點 粉壁受黶疣 薄翅容無地 寒蹤貼一
隅 得時須勿恣 勢盡欲誰尤 (매월당시집 제5권, 265~266쪽.)


시습은 따뜻한 방안을 찾아 들어온 겨울 파리를 향해 가시나무 휘두르며 혼내고 있다. 마치 기세등등하다 세력이 다해 풀 죽어 있는 권신들을 만난 듯이. 난리를 일으키며 소란을 피우다 끈 떨어진 권세가들의 인생은 깨끗한 흰 벽 위에 남긴 한 개의 오점이었다.

## 가죽나무 숯 노래 樗炭行

가죽나무 숯 성기고 연해 불 피워도 불꽃 적게 오르지
겨우 살려놓으면 다시 꺼지고 음식 익혀도 무슨 맛인지
마치 용렬한 사람처럼 장부의 뜻 전혀 없네
예예 하며 실속도 없고 이익에 급급해 득 되지 않는
집안일엔 어둡고 높은 벼슬만 좇아다니는
홀로 설 수 없는 허깨비 무리들 속이고 놀려도 속수무책
감히 상수리 참나무 숯처럼 이글이글 불똥 튀기며
안자처럼 하나 알면 열 알고 손자처럼 오랑캐 쳐부수길
가죽나무야 모름지기 뒤로 물러서고
참나무야 너는 세한지맹 기약하거라

樗炭性疏脆 得火少炎熾 才起旋復滅 烹膳淡無味 恰如庸
儒人 素無丈夫志 諾諾無一實 營營無一得 居家處事闇 在
位常碌碌 不獨自虛困 多爲衆欺詆 敢望柞櫟炭 炎炎火星
爆 恰如回也質 聞一以知十 又如孫吳兵 破虜如破竹 樗汝
須殿後 櫟爾盟寒約 (매월당시집 제14권, 명주일록, 669~670쪽.)


　숯불 피워 차 끓이고 음식 익히던 시습. 성기고 연한 가죽나무
숯은 살려놓고 돌아서면 다시 꺼졌다. 이익에 급급한 졸장부처럼.

## 낙엽落葉

낙엽은 쓸어내지 말아주세요

맑은 밤 그 소리 듣기 좋아요

조심스레 바람이 불면

달빛 비친 그림자 우수수 떨어져 내려요

창문 두드려 뒤숭숭한 나그네 놀래 키고

섬돌에 낀 이끼를 감춰줘요

젖은 나뭇잎 어찌해볼 도리 없이

텅 빈 산은 자꾸만 여위어가네요

落葉不可掃 偏宜淸夜聞 風來聲摵摵 月上影紛紛 鼓窓驚客夢 疊砌沒苔紋 帶雨情無奈 空山瘦十分 (매월당시집 제5권, 274쪽.)

떠난 길 위로 어느덧 찾아온 가을. 객사 밖에는 밤새 비바람 불어 떨어진 나뭇잎들이 수북하다. 쓸모없이 버려지는 것들도 한때는 소중했었거늘. 낙엽에는 소멸이 아름다운 추억으로 스며있다. 사물을 자세히 관찰하여 사유하고, 그속에서 노닐며 사물 속에서 인생의 묘미를 발견하는 시심이 응축되었다.

## 감회|感懷

밤 깊어 달 지고 북두성 빛나는데
한 조각 정회로 마음 편치 못하다
이광처럼 장하지는 못해도
높이 숨어 사는 건 진단과 비슷하지
독 안의 모기가 어찌 세상 큰 것 알 것이며
진흙 속 맹꽁이가 어찌 바다 넓은 줄 알랴
남들의 칭찬 비방 염려치 마라
나 옳고 저 그른 것 여럿 있으니
夜深月落斗闌干 一片情懷不自安 未得壯遊如李廣 只
宜高隱似陳搏 瓮蚊豈識方輿大 泥黽何知滄海寬 譽毀
從他何復慮 他非我是有多般 (매월당시집 제14권, 명주일록,
651~653쪽, 6수 중 3수.)


달은 지더라도 북두성은 언제나 북쪽 하늘 그 자리를 지키고 있
다. 시습은 권세가들이 자신을 헐뜯고 비방하더라도 북두성처럼
흔들리지 않겠노라고 스스로 다짐한다.

## 웃는 글書笑

가마처럼 작은 판잣집 얇은 창 닫고 열지 않았다

섬돌 앞 날다람쥐 드나들고 처마 밖 새들이 나돌아온다

메밀은 껍질 채 절구에 빻고 순무이파리 둘둘 말아

수제비 만들어 국에 넣어서 먹으니 하하하 웃음이 난다

板屋如轎小 矮窓闔不開 階前鼯出沒 簷外鳥飛回 蕎麥和

皮擣 蔓根帶葉擩 和羹作餺飥 喫了笑哈哈


쥐가 훔치다 질그릇 뒤엎고 새들 다투다 판자 떨어뜨려

해 길어 오직 잠이 즐겁고 바람 고요하여 주렴도 없이

반찬은 오직 김치 하나 밥상엔 오직 바다소금 뿐

맛있는 반찬 생각마라 젓가락질하기 부끄러우니

鼠竊翻陶器 烏爭落板簷 日長唯有睡 風靜可無簾 盤饌唯

沈菜 床排只海鹽 莫思多重味 下筯太廉纖 (매월당시집 제14

권, 명주일록, 645쪽.)


시습은 강릉에서 가난과 궁핍과 병고에 시달리면서도 초연하였
다. 가진 것이 없고 생사에 매이지 않았기에.

## 동촌 노인이 햅쌀 준 것을 감사하며 謝東村老惠新粳

동촌 할아버지께서 내게 허리에 찰만큼 쌀을 보내주셨지
은구슬 같은 쌀로 밥 지으니 흰 조약돌처럼 희디희어라
이른 햅쌀이 기뻐 풀쌀처럼 연해도 메벼처럼 달게 여기네
이재에 어두워 사는 일 옹졸해서 죽 먹은 지 며칠 되었지
도연명 안진경처럼 편지 보내 마을 돌며 쌀 빌리려는데
홀연히 뺑 대문 두드려 양식 전해 주시니 감격에 겨워라
회음 선비 한신은 밥 한 그릇도 잊지 않고 갚았다던데
세상 등지고 시냇가에 누웠으니 보답할 것 하나 없어
오직 닭 돼지 같은 세상에서 학처럼 살기 바랄 뿐

東村田舍翁 惠我長腰粒 粒粒似銀珠 飯炊雲子白 已喜新
穀登 更甘雕胡滑 潦倒拙生事 食糜已數日 欲效陶顔公 送
帖循里乞 忽餒扣蓬扉 感激難可筆 我聞淮陰士 不忘施一
飯 濩落臥林泉 欲報無分寸 但願鷄豚社 鶴骨老逾健 (매월
당시집 제6권, 321쪽.)


양식이 떨어졌던 시습은 때마침 동촌 노인이 보내온 햅쌀을 보
며 감격한다. 가진 것 없는 그가 노인의 은혜를 갚는 길은 오직 푸
른 마음 지키는 것이었으리라.

## 흰죽 먹기 食粥

흰죽은 기름지고 든든한 아침밥
배부르자 편히 누워 한단지몽을 꾸는데
인간의 한평생 삼만 육천 일
말할 수 없을 만큼 쓰고 신 일 많거늘
白粥如膏穩朝餐　飽來偃臥夢邯鄲　人間三萬六千日　且莫
咻咻多苦辛 (매월당시집 제5권, 243쪽.)

　시습은 흰죽을 배불리 먹고 편히 누워있었다. '가난하여도 벼슬
하지 않고 마음 편히 사는 것이 좋다'는 한단지몽의 교훈을 생각하
며. 한평생 살아왔던 그의 이력은 짧은 시 '흰죽 먹기'로 요약된다.
하루살이가 하루를 살다 가는 것처럼 백세 인생의 '삼만 육천 일'
도 하룻밤 꿈처럼 지나간다.

## ◇ 53세 · 1487년

### 동해 바닷가 마을에서 머물다

산과 바다가 있어 경치가 좋은 동해 바닷가에 터를 잡고 살아가던 사람들, 그들은 눈에 보이는 풍경만큼 유복하고 편안하지는 못했던 것 같다.

가뭄과 장마, 홍수와 산불, 태풍과 폭설 등의 자연재해가 잊을만하면 휩쓸고 지나가고 복구할 만하면 또다시 찾아오곤 했으니.

### 스스로 해석하다自解

작년에 홍수 만나더니 올해는 역질 만났다

한 몸에 근심과 어려움 얽혀 만사가 모두 다 어그러졌다

맥국에 몸을 의지해 하늘 도읍지 세우는 꿈 가히 잊고 사노라

내년에도 만약 건강하다면 어디에서 노닐꺼나

去歲遭天水 今年遭伯強 一身嬰患難 萬事總乖張 貃國身如寄 神都夢可忘 明年身若健 底處可倘佯 (매월당시집 제13권, 관동일록, 610~611쪽)

## 누에 치는 부인蠶婦

지붕 위 비낀 해 나뭇가지 비추는데
물레 돌려 눈처럼 흰 비단실 잣는 소리
고개 숙인 고운 눈썹 무슨 일인지
고치 나눠 바칠 일을 걱정하는 듯
屋頭斜日映花枝 戞戞繅車煮雪絲 粧嫩低眉緣底事 只愁
分繭效功時 (매월당시집 제4권, 247쪽.)

　과도한 세금으로 괴로워하는 마음을 '고개 숙인 고운 눈썹'으로
표현한 시다. 그는 하루 종일 비단실을 잣고도 수심에 찬 여인의
마음을 읽어낸다.

## 양양의 꽃 떨기를 노래하다詠襄山花叢

노류장화 역 누각 매화 꽃송이
몇 번이나 꺾이고 가지 휘어 잡혔나?
해어화 네가 가상해
새 상투 틀고 단장한 뒤 너 보러 나 여기 왔다
새 단장 싫어해도 해맑고 예쁜 너
하늘이 내린 정신 지혜롭고 장하여라
봄바람 피는 도리화 예쁘다 해도
눈 속에 핀 옥매화 향 좀체 드물지
其六 墙花路柳驛亭梅 折朶攀條幾度回 嘉爾對人能有語
靚粧新髻爲君來其十一 淸魂妙骨厭新粧 天與精神慧且莊
人道春風桃李艶 難看冒雪玉梅香 (매월당시집 제15권, 잡부,
699~702쪽.)


양양 부사 유자한의 초대를 받아 드나들던 그는 관아에 얽매어
신산한 삶을 이어가던 여인네들을 볼 수 있었다. 그녀들을 하나하
나 관찰하고 묘사하여 그늘진 삶을 따뜻한 양지로 옮겨 놓았다.
  '양양의 꽃떨기'는 양양의 관기를 뜻한다. 그중에는 사대부 가문
에서 역모 사건에 휘말려 끌려간 여인들도 있었을 터.

## 추한 꽃을 읊다 詠醜花

그 누가 철곤륜을 부어 만들었나?

어두운 방 솔개처럼 웅크린 낯빛(검은 얼굴)

들어가려다 앗 하고 바로 나오니

마음 상해 말없이 빨개지는 얼굴

是誰鑄出鐵崑崙 暗室鴟蹲面色渾 欲進疾訶還退去 傷神

無語欲黃昏-右面黧


삼신할머니 고깃덩어리 아끼지 아니하여

입술 크게 빚어 늙은 달팽이에 꿰매 붙이고

다시 푸른 쪽 풀 찧어 평평히 늘여 붙여

말할 때면 메기 부딪듯 흔들리네(두터운 입술)

胎神不悋臠堆多 壯製脣縫附老蝸 更抹靛靑平脫緩 語搖

眞似兩鮧摩-右厚脣 (매월당시집 제15권, 삽부, 705쪽.)


시습이 읊은 '추한 꽃'은 마치 판소리의 한 장면처럼 골계미가
돋보인다. 과장된 이면에는 그늘 속 서글픈 존재들을 되살려내려
는 그의 숨은 의도가 느껴진다.

## 미인을 읊다 香奩體 詠花

소매 가리고 새벽 화장하니

바람에 흔들리는 부용꽃 고달파도 향기롭다

이젠 다시 지분 질게 바르지 마라

떡칠하고 지우면 고운 볼 다 상하니

其二 袖掩嬌羞爬曉粧 芙蓉風撼倦猶香 從今莫更濃脂粉

塗抹多嫌玉頰傷


수놓던 바늘 멈추고 귀 기울이니

동쪽 집의 물결무늬 비단 짜는 소리

물결 사이 원앙 노는 것 꼭 넣어라

진홍 이불 사서 임 기다릴 터이니

其五 刺繡停針側耳聞 東家伊軋織波紋 波間須着鴛鴦戲

買却絳衾長待君 (매월당시집 제15권, 잡부, 704~705쪽.)


시습은 여인의 새벽 화장을 자세히 관찰한 듯하다. 화장을 짙게
하면 고운 볼이 상하니 옅게 바르라고 충고한다.

어떤 집에서 나는 베틀 소리를 들으며 원앙금침 이불 덮게 될 날
을 꿈꾸는 여인을 상상하기도 한다.

## 나의 초상 自寫眞贊

이하가 고개 숙일 만큼 조선의 신동이라 말들 하지만
드높은 이름 입에 발린 칭찬 나에겐 전혀 안 어울려
한쪽 눈은 찌그러들고 나의 말은 어리석고 경박하지!
그러니 마땅히 들어가야 했지 언덕 골짜기 구렁 속으로
俯視李賀 優於海東 騰名謾譽 於爾孰逢 爾形至眇 爾言大
侗 宜爾置之 丘壑之中 (매월당시집 제19권, 787쪽.)


시습은 서러운 사람들의 마음을 꿰뚫어 볼 줄 알았다. 자신의 모
습 또한 한쪽 눈이 작고 언행이 가볍다고 풍자한다. 자신은 오랑캐
로 떠돌다 산속에 사는 두렁길의 쑥대밭이고 미친 떠돌이라고.

## 스스로 깨치다 自貽

처사는 본디 한아하여서 어릴 적부터 도를 좋아하더니

품은 뜻과 세상일 서로 어긋나 속세에 발자취 지우고

명산을 소요하며 속인들과 사귀지 않았어라

늘그막엔 폭포 옆 맑은 냇물과 더불어 늙어가려 했더니

사람들 그 뜻 모르고 신세 망쳤다 말하네

처사는 그저 꽃잎 스치는 바람이 괴로울 뿐

숨기고 드러내지 못해도 봉래도로 갈 그날을 기약하노라

處士本閑雅 早歲好大道 志與時事乖 紅塵跡如掃 少小遊
名山 耽俗不交好 晩居瀑布傍 欲作淸溪老 世人那得知 尋
常稱潦倒 處士亦不猜 每被風花惱 隱顯或無時 期往蓬萊
島 (매월당시집 제1권, 70쪽.)


살아온 세월을 시습만큼 뒤돌아보고 규정지은 사람이 또 있을
까? 세상에서 볼 때는 볼품없이 나이든 나그네이지만 꾸준히 자아
성찰을 하는 사람은 세상 사람들의 평판에 좌우되지 않는다. 자신
의 길을 걷고 또 걸어갈 뿐.

## 자탄自嘆

나이 오십에 자식 하나 없어

남은 생이 진실로 가련하다

통할까 막힐까 점쳐서 무엇 하며

나고 죽는 일에 성낼 필요 있으랴

아름다운 해가 창호지를 물들이면

융단에 앉은 어르신 나물죽 드시니

남은 세월 더는 바랄 것 없어

마시고 먹는 일, 내 뜻대로 하리라

五十已無子 餘生眞可憐 何須占泰否 不必怒人天 麗日烘
窓紙 淸塵糝坐氈 殘年無可願 飮啄任吾便 (매월당시집 제13
권, 관동일록, 577쪽.)


'자탄'의 내용은 얽매이고 막히지 않아 사유가 자유롭다. 오십이
넘도록 자식 하나 남기지 못한 자신이 가련하지만 아직은 아침에
눈 떠 밝은 해를 볼 수 있으니 얼마나 좋으냐고 묻는다.

## 탄식하다 寓歎

어허, 부질없어라

젊은 날 쉬지 않고 익힌 글과 검술 근심만 사고

늙지 않고 명 늘일 도리 없는

관속에 갇힐 서글픈 인생이라서

귀염받다 버려지는 강아지처럼

궁해져 말라가는 물속 붕어처럼

사람마다 인간 세상 좋다 말해도

꽃다운 시절은 잠시뿐인 것을

堪嘆浮生早不休 十年書劍買閑愁 老無可却靈方少 生不
長延宰木幽 寵極定如刍狗擲 窮來還似涸鱗游 人人盡說
人間 春到人間肯暫留 (매월당시집 제1권, 60쪽.)

지나간 인생을 홀로 한탄하고 한숨지으며 거리낌 없이 생각나는
대로 시를 썼던 시습. 쉬지 않고 글을 익히고 검술을 배웠던 그는
일찍 뜻을 세워 익힌 것이 화가 되었다고 한다.

## 하루 一日

하루 지나면 다시 또 하루 어찌 하루가 다 가나
하늘은 수레바퀴 땅은 개미가 쌓은 흙더미
산기슭 물가에 엎드려 사니 차고 기울기 한이 없어라
그 사이 세상일들 얼마나 쇠하고 높아졌는지
一日復一日 一日何時窮 天如輿輻轉 地似蟻封崇 俯仰岡
涯涘 盈虛無始終 其間人世事 幾替幾興隆 (매월당시집 제1
권, 79~80쪽.)

시습은 하늘이 수레바퀴처럼 돌고 돌아 하루하루가 지나가고,
자신이 딛고 있는 땅은 개미가 쌓은 흙더미처럼 작은 세상이었음
을 문득 깨닫는다.

## 머리카락이 희어지다 髮白

흰 터럭 날 봐주지 않아

실 같은 게 하나둘 자꾸 나오네

엉성한 대머리 가릴 수 없어서

짧고 짧은 갓끈으로 애써 감춘다

대나무 빗치개 하릴없이 상자에 담아두니

어느새 쓸모없어진 뿔 빗

남은 세월 얼마나 더 살아야 할지

늙어가는 나이 일러주는 너

白髮莫饒我 如絲取次生 蕭蕭不庇禿 短短屢藏纓 竹掊徒
留篋 牙梳已勿幷 殘年餘幾幾 喜爾報頹齡 (매월당시집 제14
권, 명주일록, 648쪽.)


　　노년의 그는 자신의 신체 기능이 서서히 쇠퇴하여가는 과정을
담담하게 그려냈다. 엉성한 대머리 갓으로 가리기, 쓸모없어진 머
리빗 등은 자신의 쇠약해진 몸을 웃어넘기려는 표현이었다.

## 눈이 부끄러워 目羞

읽던 경서 내던져 둔 지도 이미 여러 해
게다가 감기까지 들어 치아와 머리털 성기어졌다
한 획이 겹쳐서 둘로 보이고 겸을 어로 읽게 되었지
흰 눈 속에서 하늘 보니 비문이 허공 가득 날아다녀라
經書今棄擲 已是數年餘 況復風邪逼 因成齒髮疏 奇爻重
作二 兼字化爲魚 雪裏看天際 飛蚊滿大虛 (매월당시집 제14
권, 명주일록, 650쪽.)

## 벌레 먹은 어금니 牙蚛

저 옛날 어렸을 적엔 눈썹 날리며 돼지 다리 뜯어댔는데
어금니에 벌레 먹은 뒤 연하고 단것만 가려 삼키지!
작은 토란 삶아 거듭 으깨고 영계도 끓인 뒤 또 다시 삶는다
이렇게 해야만 먹을 만하니 사는 일 가히 불쌍하여라
伊昔少年日 瞠眉決豲肩 自從牙齒蚛 已擇脆甘嚥 細芋烹
重爛 兒鷄煮復煎 如斯得滋味 生事可堪憐 (매월당시집 제14
권, 명주일록, 650쪽.)

**이명**耳鳴

버석버석 귀에서 헛소리 들려 바람 소리가 물소리 같고
밤 귀뚜라미 울어댈 때 저녁 참새 다투어 우는 듯
은나라 음악 뒤섞여 들리고 궁상 음률 분간할 수 없어라
화로에 주발 물 끓는 소리 누가 피리 부나 묻고 있다오
昕昕耳虛響 有如風水聲 夜蛩時對語 暮雀競趨鳴 韶濩分
應混 宮商聽不精 爐邊沸熱盌 喚問孰吹笙 (매월당시집 제14
권, 명주일록, 672쪽.)


　시습은 속세를 떠나 세월이 얼마나 흘렀는지 세상은 얼마나 변
했는지 까마득히 잊고 살던 어느 날 문득 쇠약해진 자신을 발견
한다.

　노년의 시습은 눈은 가물가물하여 글자가 겹쳐 보이고, 귀가 어
두워져 이명이 들렸다. 어금니가 약해져 삶고 으깬 것만 먹으면서
도 늙어가는 자신의 몸을 관조하던 그.

　그는 어차피 누구나 겪어야 할 늙음이라면 그것을 감수하고 견
뎌야 할 뿐 서러워 말라고 스스로 다짐하였다.

## 개었다 내리는 비 乍晴乍雨

잠깐 개었다 내린 비 다시 개니
하늘의 이치 이럴진대 세상인심이야
날 칭찬하다 다시 또 헐뜯고
명예를 피하던 이 또다시 명예 구하네
꽃 피고 지는 걸 봄이 어찌 막으며
구름 오가는 걸 산이 어찌 따지랴?
세상 사람들아! 명심하시게
제아무리 기쁜 일도 평생 갈 수 없다는 걸

乍晴乍雨雨還晴 天道猶然況世情 譽我便是還毁我 逃名
却自爲求名 花開花謝春何管 雲去雲來山不爭 寄語世人
須記認 取歡無處得平生 (매월당시집 제4권, 212~213쪽.)


오락가락하는 비처럼 칭찬 뒤를 따라다니는 험담. 꽃이 피고 지는 것처럼 아무리 좋은 일도 끝이 반드시 있으니 하늘의 이치에 따르며 살라 한다.

## 동봉육가 두 번째 노래 東峯六歌 二首

가시 많은 질륵 나무 지팡이 의지하여

사방으로 두루두루 돌아다녔지

북으로 여진 남으로 부상까지 가닿았어도

애끓는 마음 어디에다 묻으랴

날 저물어 갈 길 멀고

어찌하면 회오리바람 얻어 타고 구만리 날아갈까

어허, 두 번째 노래 높고 낮으니

북풍이 날 위해 처량히 불어오누나

椒標椒標枝多芒 扶持跋涉遊四方 北窮靺羯南扶桑 底處
可以埋愁腸 日暮途長我行遠 安得扶搖搏九萬 嗚呼二
歌兮歌抑揚 北風爲我吹凄涼(매월당시집 제14권, 명주일록,
633~634쪽)

# VI.
# 귀천

시습의 시를 따라 걷는 동안 좀처럼 흔들리지 않던 내 인생의 나무에서 커다란 잎들이 뚝뚝 떨어져 내렸다. 나무가 시위하듯 떨어뜨린 잎의 빈자리가 크다.

오래전 유행하다 잊힌 퀸의 보헤미안 랩소디가 사람들의 마음을 또다시 울리고 있을 때. 곧 가야 할 사람이 부르던 마지막 노랫말이 가슴을 뒤흔들었다. 보헤미안 랩소디는 탄자니아 잔지바르에서 태어나 인도 뭄바이를 거쳐 영국인이 된 인도인의 노래였다. 머물지 못하는 바람 소리와 활짝 핀 순간 떨어진 꽃의 운명과 소멸 전 존재자를 찾는 절규가 메아리치는.

한평생 세상 밖에 있던 시습의 시 또한 깊은 골짜기 맑은 시냇가에서 목 놓아 부르던 떠돌이의 노래였다. 길 위에서 존재 이유를 찾던 외로운 나그네의 노래.

한때 인생의 나무에 아름다운 꽃잎을 활짝 피우던 사람들. 길고 긴 터널을 빠져나와 어느 날 문득 하늘 높이 올라간 소중한 이들의 노래. 앙상하게 성긴 나뭇가지에도 언젠가 새순이 돋아나겠지.

◇ 57세 · 1491년

**남효온과 이별하다**


　1478년 소릉 복위 상소를 올린 뒤 강호에서 노닐던 남효온은 1489년 고향 의령에서 「육신전」을 집필했다.

　사육신사건이 일어나던 해 세 살이었던 그는 1481년 김일손과 함께 원주의 원호, 수락산의 김시습, 파주의 성담수 등을 찾아가 사건의 전말을 전해 들었던 듯하다.


　1490년 2월 북경에서 돌아온 김일손은 사초에 「조의제문」을 수록하고, 남효온의 「육신전」을 「승정원일기」와 대조하여 수정한 뒤 집안 깊숙이 보관한다. 이해 가을 남효온과 김일손은 삼각산 중흥사에 있던 김시습을 찾아가 「육신전」을 논했던 것으로 보인다. 이 책은 선조 임금의 분노를 샀지만 정조 때 단종 충신 32인을 사육신과 생육신 등으로 정하는 기준이 된다.

## 춘천의 옛 은거지로 돌아가는 동봉선생을
## 동교에서 송별하며 東郊送別東峯先生之春川舊隱

**남효온**

그대 보내려고 아픈 몸 일으켜

동대문 밖 뜨거운 먼지를 덮어 쓴다오

이 저녁 떠나면 다신 못 만나

메밀꽃 앞에서 흘린 눈물 삼킬 그대

爲送吾君起病身 興仁門外觸炎塵 天涯離別自今夕 蕎麥

花前忍淚人 (남효온, 박대현 옮김, 국역 추강집1, 민족문화추진회,

2007, 265쪽. 東郊送別東峯先生之春川舊隱)


　1491년 시습은 동대문 밖 동교에서 남효온의 배웅을 받으며 봄

이 오는 관동으로 들어갔다. 남효온은 시습을 배웅한 뒤 1492년

장흥에서 눈을 감는다. 그해 가을 부여 무량사에서 앓아누웠던 시

습도 이듬해 봄 그를 따라갔다.

## 인간 세상은 흐르는 물과 같아 世間若流水

옛사람도 지금과 비슷했고

뒷사람도 지금과 마찬가지

인간 세상은 흐르는 물과 같아

유유히 가을 가고 봄이 다시 오는구려

오늘 소나무 아래 술잔 기울이지만

내일 아침 첩첩산중 향해 떠나야하리

깊은 산 푸른 봉우리 속

그대 생각 실타래 같이 풀려 나오리

昔人似今人 今人猶後人 世間若流水 悠悠秋復春 今日松
下飲 明朝向嶙岣 嶙岣碧峰裏 思爾情輪困 (허경진 엮음, 매
월당 김시습 시선, 평민사, 1996, 67쪽)

## ◇ 58세 · 1492년
### 가을, 서쪽으로 떠나다

58세 시습은 1492년 충청남도 부여군 외산면 만수산의 무량사에 지친 몸을 의탁했다. 옛 문헌에 '홍산 무량사'로 기록된 이 절의 일주문 앞 작은 언덕에는 시습을 기리는 매월당 시비가 서 있다.

1491년 동교에서 관동으로 들어갔던 시습은 이듬해 가을 노쇠한 몸을 이끌고 서해안에 나타났다. 아마도 그는 음력 10월 24일 단종 기일 즈음 충남 공주 동학사로 가던 길이었을 것이다.

## 추석에 새로 뜬 달 中秋夜新月 — 무량사 매월당 시비

새로 돋은 반달 수풀 위에 뜨니

산사의 저녁 종 먼저 울리고

달그림자 아른아른 찬 이슬 젖어

창틈에 스며드는 서늘한 기운

이슬방울 맺히는 가을 달밤에

평상 앞까지 들려오는 풀벌레 울음소리

한가한 내 마음 뒤흔들어서

일어나 초나라 구변 노래 한 편 읽어 보노라

半輪新月上林梢 山寺昏鐘第一鼓 淸影漸移風露下一 庭
涼氣透窓凹 白露溥溥秋月娟 夜虫喞喞近床前 如何撼我
閑田地 起讀九辯詞一篇 (매월당시집 제4권, 206쪽. 2수 중 1수
가 충남 부여군 무량사 입구의 비석에 적혀있다.)


　그는 생의 마지막 불꽃을 피우듯 붉게 물든 산과 서해 길을 걸었
을 것이다. 마침내 뼛속까지 스미는 한기를 이기지 못한 시습은 충
남 부여군 무량사에 마지막 몸을 의탁했다. 평소 도연명의 시를 좋
아하여 자연에서 노닐던 시습은 삶과 죽음이 다르지 않다는 것을
깨닫고 있었다. 산기슭 구렁으로 굴러 가 묻힐 날을 기다리며.

## 도연명이 시상에게 답한 것을 화답하여 和淵明酬柴桑

세상에 나온 뒤 춥고 더운 사십 년 두루 지나가

눈앞의 세월 어느새 바뀌어 봄이 가고 가을 왔네

남창에 기대 변해가는 세상 보며 서쪽 들을 노닐곤 했지

수고로이 애쓰는 사람들 이런 즐거움 어찌 알랴

버선 행전 바삐 정리해 내 장차 구릉 언덕에 놀러 가리라

自我寄人世 四十寒暑周 眼底換星霜 倏忽春與秋 觀化倚

南窓 感時遊西疇 借問役役者 還有此樂不

速理襪與縢 吾將丘壑遊 (매월당시집 제15권, 잡부, 690~691쪽.)


늦가을 무량사 선방에 들어갔던 시습은 이듬해 봄 오두막 빈방에 지팡이 하나 남겨놓았다.

그는 생로병사에 시달리던 몸을 벗고 달처럼 바람처럼 영원하고 자유로워지고자 했다.

## 함부로 이루다漫成

늙어 장차 어디로 가나 방하나 훤하게 비어있구나
또다시 형체에 얽매임 없이 오직 주인공만 남았다
개나리 언덕 위 달 떠오르고 대숲에 바람 불어와
지팡이 놓고 읊조리노라니 누각 동쪽에 꽃 그림자 있어라
老大將何適 翛然一室空 更無形物役 唯有主人公 月上辛
夷塢 風來苦竹叢 拖筇吟不盡 花影小樓東 (매월당시집 제1
권, 64쪽.)

◇ 59세 · 1493년
**무량사에서 병들어 눕다**

**질병** 疾病

늙고 병든 쓸쓸한 겨울 파리

과일 생각에 심란하여 입 말라 얼음 찾고

낮에도 찾는 이 없는 작은 침상

외로운 밤 창가에 등불 하나 켜리라

이 몸 본시 꿈같은 허깨비이니

여위어 사라져도 미워하지 마시길

老與病相仍 蕭然一凍蠅 心煩思快果 吻燥愛寒氷 矮榻晝

無客 孤窓宵有燈 此身元是幻 消瘦也非憎 (매월당시집 제7

권, 350쪽.)


대낮에도 찾는 이 없는 냇물로 둘러싸인 외딴 방에서 홀로 외로
운 등불을 밝혔을 그. 갈증과 열에 들떠 눈앞이 어지러울 때 그 누
가 과일과 얼음을 챙겨주었을까?

**병을 꾸짖다**讁病 — 무량사 와병

십 년 방랑길 산수에 노니니, 비와 안개 내 몸을 괴롭혔네
강촌 노숙에 바람은 뼈를 깎고 암굴 냉기는 몸에 배었지
해마다 귀밑 백발 더해가고,
눈썹 위 주름은 날마다 늘어가네
옛 약방문 써보아도 듣지 않으니
본래의 진리 찾아야 하리
봄비 낭랑한 이월,
병든 몸 간신히 일으켜 앉은 선방에서
달마가 서쪽에서 온 까닭 묻고 싶어도
다른 중들 행여 알까 그만두노라

十年放浪遊山水 瘴雨蠻煙多惱人 露宿江村風翦骨 星居巖
竇冷侵身 唯看兩鬢年添白 不覺雙眉日漸皺 披閱古方無寸
效 也宜看箇本來眞 春雨浪浪三二月 扶持暴病起禪房 向
生欲問西來意 却恐他僧作擧揚 (매월당시집 제7권, 351쪽.)


  알려져 소란해질까 봐 홀로 일어나 맞이한 그 순간. 묻고 싶은
건 많았어도 아무 말 없이. 그는 이 세상에 태어난 모든 생명이 지
나가야 할 마지막 관문에 들어섰다.

## 표훈사表訓寺 주지 지희智熙 스님께 드리다

**남효온**

여산에서 셋이 웃은 뒤

스님이 유학자를 좋아하셔서

범이 우는 골짝 밖으로 마중 나와

백련사에 나를 앉히시더니

쌀밥에 향기로운 나물 곁들여

찻잔에 약과를 올려주시네요

떠나기 전 짚신까지 삼아 주시니

돌길 위라도 걸을 수 있겠어요

盧山三笑後 此公好儒者 迎我虎溪外 坐我白蓮社 粳飯配

香蔬 茶梧羞藥果 臨行贈芒鞋 石角行亦可 (남효온, 추강집

제 2권)


시습은 지희의 권유로 병든 몸을 무량사에 의지했다. 그는 지희
가 무량사에서 법화경 판각하는 솜씨를 보고 감탄했다. '글자체가
아주 공교하고 새기는 것이 빼어났다.'라면서. 표훈사 주지, 광명
사 주지, 춘천 우두사의 승●이라는 짧은 기록에 의하면 지희는 남

● 이유원, 임하필기 순일편 '이 고개는 춘천 초입에 있다. 가정 무자년(1528, 중종23)에 우두사의 승
지희가 고갯길을 뚫어냈다.'

효온과 김시습의 옛 친구이자 춘천 석파령 바윗길을 뚫은 사람이었다.

시습은 생애 최후의 순간까지 무량사의「묘법연화경」과 영암 불갑사 복장유물인「수능엄경」의 발문을 썼다.

불갑사 수능엄경 발문에는 '황명 홍치 6년(1493) 세재계축 중춘 췌세옹 김열경 근발'과 시습이 무량사에 가게 된 이유가 적혀있다. '임자년(1492) 가을에 서해안 명산을 돌아다니다가 무량사에서 옛 친구인 지희라는 승려를 만나 그의 부탁으로 1488년에 간행된 수능엄경의 발문을 쓰게 되었다.'●

무량사 설잠 스님 영각에 모셔져 있는 시습의 영정. 어떤 규범이나 이념에도 예속되지 않은 초탈한 눈빛을 하고 있다. 그가 직접 그린「자사진찬」은 필사하는 사람들의 상상이 보태져 이본에 따라 조금씩 다른데, 무량사 영각의 영정도 이본 중 하나로 짐작된다.

시습의 영각 아래 시냇물 건너에 있는 작은 오두막이 청한당이다. 오두막의 현판을 쓴 이는 '한閒'자를 거꾸로 써서, 문지방에 누워 달을 쳐다보는 형상을 해학적으로 나타냈다.

● 김태식, 김시습 마지막 글 '보물'에 들어 있었네, 연합뉴스, 2008.07.15.

## 나의 삶 我生

모습은 사람으로 태어나

어찌 사람 도리도 하지 못하였나

젊어서는 명예와 이익을 좇고

장년에는 엎어지고 넘어졌다

고요히 생각하니 심히 부끄러운 발자취

좀 더 일찍 깨달을 수 없었을까

후회해도 돌이킬 수 없는 일

잠 못 이루고 가슴을 치니 쪼개질 듯 아프다

충효도 다하지 못했으니

이것 말고 벌 받을 일 또 있으랴

살아서는 한 명의 죄인이고

죽어선 분명 궁한 귀신이 될 터인데

헛된 이름 다시 일어나서

뒤돌아보면 근심만 너해 가네

백 년 뒤 내 무덤에 표적 남기려면

꿈꾸다 죽은 늙은이라고 써 주시구려

어느 정도 내 마음 안다고 해도

마음속 깊은 뜻 천년 뒤에 알게 되리

我生既爲人 胡不盡人道 少歲事名利 壯年行顚倒 靜思縱

大惡 不能悟於早 後悔難可追 寗撦甚如擣 況未盡忠孝 此

外何求討 生爲一罪人 死作窮鬼了 更復騰虛名 反顧增憂

惱 百歲標余壙 當書夢死老 庶幾得我心 千載知懷抱 (매월

당시집 제14권, 명주일록, 677~678쪽.)


59세의 시습은 무량사 선방 청한당에서 1493년 2월 세상을 뜨기

바로 전까지 글을 썼다. 마치 눈먼 미켈란젤로가 죽기 며칠 전까지

피에타 조각을 한 것처럼.

유언에 따라 매장되었던 시습의 시신은 일 년 뒤 제자들에 의해

불교식으로 화장되었는데, 그때 나온 사리 한 점이 무량사 초입의

부도탑에 모셔져 있다. 현재 부여 무량사에서는 해마다 설잠 스님

김시습의 사리공개 행사를 열고 있다.

시습이 서쪽으로 떠났던 1492년은 콜럼버스가 아메리카 대륙을

발견한 해이다. 무어인들이 유럽 대륙에서 완전히 밀려난 레콘키

스타의 원년. 이베리아반도가 가까워지던 배 위에서 콜럼버스가

축배를 들 무렵 조선 반도의 시습은 지치고 늙은 몸을 무량사 선방

에 내려놓았다.

무량사 영각 그림 속의 시습은 미켈란젤로의 천장화 속 바르돌

로메가 쥐고 있는 가죽 껍데기가 아닌, 탈속하여 편안한 얼굴이었

다. 마침내 오랜 고통에서 벗어나 웃을 듯 말 듯 한 모습으로.

　한평생 천 집 밥을 내 밥으로 삼고 험난한 길을 걸었던 끝 모를 정신의 소유자를 그가 쓴 시 몇 편으로 정의 내릴 수는 없다. 다만, 그가 걷던 길을 따르는 발자국들이 동서남북으로 이어지기를 기대해본다.

　이 글을 마치면 내 인생의 나무가 하늘 향해 팔 뻗고 대지에 발을 단단히 디뎌 한동안 고요해졌으면 한다. 낙엽은 새순과 꽃봉오리를 맺기 위한 약속이라 믿으며 돌풍에 떨어진 소중한 낙엽들을 다시 한 번 추모한다.

이 책에서 인용한 김시습의 시는 강원도에서 발행한 『국역매월당전집』의 원문을 기준으로 삼았다. 한국고전종합DB 한국문집총간의 『매월당집』 원문을 참고하기도 했다. 국역된 내용은 한자 원문과 비교하며 독자들이 읽기 쉽도록 고치고 또 고쳤다.

『국역매월당전집』은 강원도향토문화연구회가 2000.10.8에 발행한 책으로서 1973년 성균관대학교 대동문화연구원에서 발행한 『매월당전집 국역대본』과 세종대왕기념사업회의 『국역매월당집』을 저본으로 삼아 수정한 것이다.

이 책에 실린 시의 원문은 1583년(선조 16년) 선조임금이 예문관에서 간행하게 한 갑인자본을 인용한 것이라 하겠다. 갑인자본 23권 9책은 일본 봉좌문고에 완본이 소장되어 있다.

1973년 성균관대학교 대동문화연구소에서 발행한 『매월당집』은 이자와 박상, 윤춘년이 수집한 시문을 증보하여 1583년 간행한 갑인자본이다. 1927년에 간행된 『매월당속집』은 임금이 양자로 정해준 김시습 후손 김봉기의 신활자본이며, 『매월당외집』은 송석하 본 「금오신화」이다. 『매월당별집』은 「묘법연화경별찬」, 「십현담요해」, 「대화엄법계도서」 등의 불교서적이다.

이 책을 쓸 무렵 두 사람이 가고, 마칠 즈음 두 사람이 왔다. 충남 면천향교에 공적비가 세워진 전 성균관장의 장손 밀양박씨, 구순 연세에도 활자를 심는 마지막 식자공의 손녀 안동권씨. 이 모든 일들은 김시습의 시를 따라 걷는 동안 일어났다. 한자 원문에 매달려 있는 동안 눈이 흐려진 내게 준 그의 크나큰 선물이라 하겠다.

책의 출판을 힘껏 응원해 준 사람들이 있다. 세종대왕을 업어 키우고 왕을 도와 명나라의 처녀조공을 없애고 돌아온 형님 경령군의 후손 감비네 가족, 그리고 언제나 내 편인 춘천향교 고추밭에 세워진 교동집 식구들이다. 소중한 그들에게도 이 책을 바친다.

# 꿈꾸다 떠난 사람, 김시습
### 시로 보는 매월당 김시습의 생애

초판 1쇄 발행 2020년 12월 7일
    4쇄 발행 2024년 11월 4일

엮고쓴이 | 최명자
펴낸이 | 박유상
펴낸곳 | (주)빈빈책방
편   집 | 배혜진
디자인 | 기민주

등   록 | 제2021-000186호
주   소 | 경기도 고양시 덕양구 중앙로 439 서정프라자 401호
전   화 | 031-8073-9773
팩   스 | 031-8073-9774
이메일 | binbinbooks@daum.net

ISBN 979-11-90105-12-5  03810